D

D25082

4681

BOUQUET

A LA

VIERGE MARIE,

COMPOSÉ

DE TRENTE-UNE FLEURS.

PERPIGNAN,

Imprimerie de Mademoiselle Antoinette Tastu. — 1856.

BOUQUET A LA VIERGE MARIE,

DÉDIÉ A MES BELLES-FILLES

THÉRÈSE COMPANYO, BASELICE LOUBEYRE ET JENNY VIOL,

Mariées avec

JACQUES, FRANÇOIS ET CLÉMENT BARRERA.

C'est à vous, mes chères filles, que j'ai voulu dédier le Bouquet consacré à la Vierge Immaculée, parce que je connais votre sincère dévotion pour la Reine de l'univers.

Mon intention avait été d'abord de m'occuper seulement des Vierges que la Religion honore dans notre Roussillon. Cependant je n'ai pas hésité à en mentionner deux du royaume d'Espagne, à cause des sentimens de piété que nos compatriotes ont constamment manifestés pour celles qu'on vénère aux ermitages de Monserrat et de Nuria, qui, à l'époque de leurs fêtes respectives, attirent une affluence considérable.

Lorsque je conçus le plan de cet opuscule, je croyais pouvoir me procurer des renseignemens satisfesans auprès des personnes chargées de conserver les grands souvenirs des miracles opérés par Marie dans les villes et villages où l'on célèbre leur commémoration; mais j'ai été trompé dans mon attente, du moins pour une partie. Le temps qui dévore tout a effacé les traces des bienfaits que la Mère du Christ a répandus dans notre contrée, et j'ai dû avoir recours aux légendes, aux chroniques, aux goigs, aux chants populaires, peu instructifs de leur nature.

Néanmoins j'ai conservé, autant qu'il m'a été possible, les pieuses traditions que les pratiques religieuses nous ont transmises. Lorsque j'ai été arrêté, j'ai eu recours à un livre imprimé à Barcelonne en 1700, contenant l'histoire des miracles de la Vierge Marie, écrite par Don Francisco Mares, docteur en théologie.

On me pardonnera, je l'espère, cette innocente interversion, puisque c'est toujours un miracle de la Vierge que j'ai appliqué à telle ou telle localité, dont il a été impossible de me procurer de meilleurs renseignemens. On me le pardonnera à cause de la nouveauté de mon entreprise, que personne, à ma connaissance, n'a eu encore l'idée d'exécuter.

Mon exemple servira peut-être à réveiller le zèle d'hommes intelligens et laborieux, qui auront des loisirs, plus d'aptitude et de moyens que moi pour se livrer à un examen approfondi des miracles opérés dans notre beau pays par Marie ou par son intercession.

D'ailleurs le mois de Mai, auquel la Religion a donné un nouveau lustre, est déjà si entraînant par lui-même; il a tant de splendeur, qu'en ranimant toute la création, il fécondera l'esprit et la foi de quelque vrai croyant, qui, plus heureux que moi, découvrira de grandes vérités que je n'ai pu ou que je n'ai pas su trouver.

Voilà, mes chères filles, le travail que je vous lègue, tout incomplet qu'il est. Puisse-t-il répandre sur vous et vos enfans la bénédiction de la Reine des Anges!

C'est le vœu sincère de celui qui vous aime tendrement.

P. BARRERA.

BOUQUET A LA VIERGE MARIE,

COMPOSÉ DE TRENTE-UNE FLEURS,

DONT UNE POUR CHAQUE JOUR DU MOIS DE MAI.

—◦◦◦—

I. — La Mauve.

VIERGE DE REMÈDE. — MILLAS.

Le 8 Septembre.

La Vierge de Remède aime la Mauve. Cela peut attirer le sourire de quelques incrédules; mais si l'on considère que la mauve royale occupe une place distinguée dans nos jardins par sa forme pyramidale, que la mauve ordinaire s'emploie avec succès en médecine, on n'aura plus pour elle le dédain qu'affectent des esprits forts ou des hommes peu instruits.

Dans le langage des fleurs, la mauve veut dire douceur. Cette plante a ses feuilles en forme de cœur; leur vert foncé symbolise l'espérance; le violet de ses fleurs signifie souffrance, et leur découpure en cinq parties présente le souvenir d'un nom cher et sacré.

Désirez-vous connaître la signification de l'espérance, de la douceur, de la souffrance, descendez au fond de votre cœur et vous y trouverez :

« Cœur qui souffres, espère en la douceur de Marie qui te soulagera, car la mauve royale n'est autre que la Reine des Cieux, et la médicinale le remède qu'elle t'administrera. »

Nos jardins sont remplis de la première de ces fleurs; la seconde se rencontre partout, dans nos glacis, dans nos fossés, sur le bord de toutes les haies.

Qui ne connaît cette plante bienfaisante ? Voici une histoire qui la rappellera aux moins intelligens.

Une impératrice, aimée de tout le monde, avait sur l'hôtel de son oratoire une image de la Vierge Marie; chaque jour elle priait la Mère des Cieux, en répandant des pleurs sur les fautes de ses sujets. Dans les voyages qu'elle entreprenait en visitant ses Etats, elle était constamment accompagnée de ce phare lumineux qui lui servait de guide.

L'empereur, son mari, aimait la guerre et poursuivait ses ennemis à outrance. Son épouse le suivait le plus souvent dans ses excursions. Arrivée en Flandres, les hérétiques s'emparèrent de la malle qui contenait l'image vénérée; elle resta au pouvoir des ennemis de l'Eglise, au grand regret de l'impératrice.

Plus tard, les armées catholiques remportèrent une victoire complète sur les ennemis de la foi. La souveraine s'en réjouit, autant dans l'espoir de rattraper sa relique chérie, qu'elle finit par recouvrer, que dans l'intérêt des lauriers qui allaient ceindre les drapeaux de son époux.

L'impératrice avait pour dame d'honneur une personne distinguée, originaire d'une petite ville de la plaine du Roussillon, qui ne la quittait presque jamais. Les conquêtes de l'empereur ayant permis à cette dame de rentrer dans son pays natal, elle pria sa souveraine de lui prêter la Vierge, vénérée sous la dénomination de Remède, pour qu'elle servît au soulagement de ses vassaux, si cela devenait nécessaire, ce qui lui fut accordé.

Arrivée dans ses foyers, cette dame déposa cette relique à la paroisse de cette ville, connue sous le patronage de Sainte-Eulalie. Elle fit célébrer un office solennel en actions de grâces, et laissa entre les mains de la fabrique une somme de quarante écus de rente perpétuelle, pour doter chaque année deux jeunes personnes attachées à la confrérie de cette église.

Depuis cette époque, la Vierge de Remède avait été en grande vénération dans la ville de Millas, où l'on célébrait chaque année sa commémoration; et, dans son origine très-ancienne, la mauve figurait ce jour-là sur son autel, comme un remède préservatif de bien des maux pour les personnes qui ont une foi vive dans la bonté infinie de Marie. L'ermitage où l'on allait la visiter a été détruit comme tant d'autres et n'est actuellement qu'une grange.

II. — Le Coquelicot-Pavot.

VIERGE DE CONSOLATION. — PORT-VENDRES.

Le 8 Septembre.

Le Coquelicot, cette jolie fleur que les dames entrelacent dans leur chevelure, qui sert d'ornement à leurs chapeaux, que les villageoises cueillent pour s'en faire un bouquet, dont les feuilles sont d'un vert aussi beau que celui de l'émeraude, porte une étoile dans le calice de sa fleur purpurine. Cette plante, quoique commune, est très-agréable à la Mère du Seigneur.

Le coquelicot symbolise la consolation; ses vives couleurs, sa puissance; le vert de ses feuilles, l'incertitude; l'étoile de son calice, notre guide dans la sainte voie. En réunissant ces attributs, on trouve :

« Cœur affligé qui navigues dans une mer d'incertitudes, sans avoir un fil conducteur pour te guider, suis cette étoile que t'indique Marie, mère de toute consolation. »

Le consolant coquelicot se rencontre aussi beau, aussi coloré, dans les champs comme dans les jardins.

N'avez-vous jamais remarqué combien de milliers de plantes naissent dans la campagne sans aucune culture et meurent après le printemps ? Eh bien ! nous avons tout près de la mer une jolie chapelle, dédiée de temps immémorial à la Vierge de Consolation, qui est le coquelicot dont nous parlons ; mais celui-ci ne se fane jamais. Demandez aux populations qui l'environnent pourquoi elle porte cette dénomination, et elles vous répondront, d'après la tradition :

Qu'un grand seigneur d'une des communes environnantes avait à son service un esclave de couleur, qu'il occupait, au mois de mai, à travailler une vigne, située sur le lieu même où est bâtie aujourd'hui la chapelle. En fouillant la terre, il découvrit une statuette qui lui plut et dont il voulut faire hommage à son maître. Il la mit dans son pannier et se rendit au château.

En arrivant, il appela les maîtres de la maison et voulut leur présenter sa trouvaille, mais elle avait disparu.

Connaîtrais-tu, lui dit le baron, le lieu où tu as trouvé l'image dont tu parles ? Sans doute, répondit l'esclave ; et si vous voulez venir avec moi, je vous l'enseignerai.

En effet, ils se rendent sur les lieux, et, à leur grande surprise, ils y retrouvent l'image miraculeuse. Mus de vénération, reconnaissant dans ce miracle la main de Dieu, le propriétaire prit l'engagement d'élever une chapelle dédiée à Marie. Les marins de ces lieux applaudirent à cette grande détermination, voulurent y contribuer et prirent la Mère de Consolation pour leur patronne.

Ce mystique coquelicot de consolation est visité tous les ans par un nombre considérable de dévots de tous les pays.

Cet ermitage est situé près des villes de Port-Vendres et Collioure, d'où l'on découvre la mer. C'est un des plus beaux sites de notre contrée et bien pourvu d'eaux excellentes.

III. — Le Giroflier.

VIERGE D'ESPÉRANCE. — MAILLOLES PRÈS PERPIGNAN.

Le 25 Mars.

Pendant une belle matinée de printemps, une jeune fille d'une figure aussi douce qu'agréable, mais un peu fanée par les souffrances, traversait lentement les magnifiques prairies qu'on trouve dans les environs de Perpignan. Elle portait à la main un bouquet de giroflier de diverses couleurs qu'elle allait offrir à la Mère de Dieu.

Elle cheminait heureuse vers le sanctuaire de sa dévotion, lorsqu'elle rencontra une de ses amies, qui, en voyant le beau bouquet qu'elle portait, lui demanda où elle allait.

— Je vais offrir ces fleurs à la Vierge de l'Annonciation.

— Pourquoi as-tu choisi des giroflées de trois couleurs ?

— Parce que ces couleurs sont l'expression des sentimens gravés dans mon cœur. Le giroflier, en général, signifie fidélité dans le malheur ; mais les trois couleurs que j'ai choisies veulent dire : Le cramoisi, vanité ; le violet, mépris ; le jaune, désespoir.

— Ma foi, chère amie, je ne comprends rien ni aux couleurs de ton bouquet ni à leurs emblêmes.

— Je vais te l'expliquer. — J'allais contracter un lien à la fidélité duquel je n'eusse jamais manqué ; mais un jour je me vis méprisée par celui que j'aimais. Triste, mélancolique, je pleurais et la vanité me faisait pressentir que la mort était le seul remède à mes peines. Je ne savais que faire, lorsque j'entendis une voix inconnue, mais dont les accens mélodieux arivèrent à mon cœur, qui me dit :

« Enfant désespéré, que le mépris abat et humilie, que la vanité trompe, veux-tu trouver un soulagement à tes maux, cherche le violier blanc et offres-en une fleur à Marie pour qu'elle daigne te soulager. »

Cette voix tendre et douce fut pour mon cœur un remède salutaire, ma tranquillité reparut. Je réfléchis long-temps sur les couleurs que je devais choisir, qui pussent le mieux exprimer mes tourmens, et je finis par choisir celles qui composent ce bouquet. Comprends-tu maintenant la signification des fleurs que je vais offrir à la sainte pureté de Marie, qui n'est autre que le violier blanc ?

— Et dans quelle chapelle vas-tu offrir ce bouquet ?

— Non lui d'ici, à la Vierge d'Espérance, dont la chapelle est située dans la banlieue de notre ville.

— Veux-tu permettre que je t'accompagne ?

— Avec plaisir..... Pendant le chemin, les deux amies lièrent une conversation sur le sujet qui les conduisait au sanctuaire de la Vierge. Celle qui allait faire l'offrande dit à l'autre :

— En 1064, une nommée Marie, qui gardait des bœufs près du lieu où nous allons, remarqua que l'un d'eux s'approcha d'un tertre qu'il laboura avec ses cornes, en mugissant de manière à laisser comprendre qu'il y avait là quelque chose de merveilleux. La pastourelle s'approcha et vit dans l'excavation que le bœuf avait pratiquée une image qui commençait à paraître. Elle se jeta à genoux et pria.

Le père de cette fille survint et voulut atteler le bœuf au joug, mais il ne put y parvenir quelques efforts qu'il fît, de sorte qu'il dut en prendre un autre.

Se voyant libre, cet animal retourna à l'endroit qu'on lui avait fait quitter, finit par dégager l'excavation commencée et découvrit en entier une sainte image au milieu de plusieurs colonnettes en pierre qui soutenaient le tertre que l'animal avait détruit. La jeune fille courut avertir son père, qui prit l'image révérée et la porta à l'église paroissiale. Plus tard, la dévotion fit construire un temple sur le lieu où la Vierge avait été trouvée. Cette église, gardée par un ermite, a attiré pendant long-temps un grand concours d'habitans de Perpignan, particulièrement le mercredi des Cendres et le 25 mars, où de jeunes filles allaient présenter des cierges et des bouquets à la Vierge d'Espérance, qui ne trompait jamais l'attente de celles qui s'approchaient de son sanctuaire avec un cœur contrit et allumé par la foi.

Cet ermitage, connu sous la dénomination de la Vierge de Mailloles, a été entièrement détruit par les Vandales de 93, de sorte qu'on n'y rencontre aujourd'hui que les fondemens de l'église et des locaux qui l'entouraient.

IV. — **Le Chêvrefeuille.**

VIERGE DE MONSERRAT. — ESPAGNE.

Le 8 Septembre.

Un cavalier, né dans la sombre Albion, monté sur un beau cheval, parcourait les rives fleuries du Llobregat, lorsque, passant auprès d'une maison des champs, il entendit une voix douce et forte à la fois qui chantait un air du pays. Il tourna la tête et vit une jolie villageoise occupée à cultiver un lambeau de terre. Il s'approcha et lui demanda la signification du couplet qu'elle venait de chanter.

— On voit bien que vous n'êtes pas catalan, car vous auriez compris que cette chanson s'adresse à la Vierge Noire de nos montagnes.

— Et où est-elle cette Vierge ?

— Non loin d'ici..... Voyez cette pittoresque montagne, c'est là où est son château, qui est aussi beau que le palais du roi ; mais par ordre de la princesse, on n'y reçoit que les personnes qui consentent à déposer leurs vices sur le seuil de la porte et particulièrement celui de l'orgueil.

— Comment, c'est une princesse ?

— Oui, et princesse souveraine, dont cependant l'habitation est ouverte aux plus humbles ; elle donne l'hospitalité avec la même affabilité aux pauvres qu'aux potentats.

— Je te remercie, dit le cavalier, et il laissa tomber aux pieds de la villageoise une pièce de monnaie, pour les renseignemens qu'elle avait bien voulu lui donner.

— Merci, dit la jeune fille ; je veux vous remettre aussi un souvenir de notre conversation, et elle mit entre ses mains une branche de chèvrefeuille. Au moment où vous entrerez au château de la princesse, pensez à la signification de cette fleur..... Bon voyage et elle disparut.

Le cavalier tout pensif regarda cette branche bien fleurie, puis piquant son coursier, il se dirigea au galop vers la montagne où est situé le palais de la Vierge Noire. De temps en temps il s'arrêtait pour examiner la branche de chèvrefeuille et deviner ce qu'elle pouvait signifier, ne reconnaissant dans cette plante d'autre symbole qu'un lien d'amour. Peut-être, disait-il en lui-même, le vert blanchâtre des feuilles signifie impatience, désirs ; le jaune, folie ; il finissait par reprendre le galop sans avoir deviné l'énigme que la villageoise semblait attacher à son présent.

Son cheval, fatigué d'une course rapide s'arrêta en face de la montagne majestueuse de Monserrat. De là le cavalier découvrit un monastère moitié en ruines. Il porte ses regards sur la branche de chèvrefeuille sans pouvoir deviner une signification qui pût le satisfaire. En cet instant il vit un religieux s'approcher et lui adressa ces paroles :

— Soyez le bienvenu, mon père ; pourriez-vous m'expliquer une énigme que je ne parviens pas à découvrir ?

— Ce sera avec plaisir, si toutefois je la comprends moi-même.

L'Anglais lui rapporta la conversation qu'il avait eue avec la villageoise, qui à la suite lui avait fait don d'une branche de chèvrefeuille à laquelle elle semblait avoir attaché une signification qu'il n'a pas encore pu comprendre.

Le religieux, après avoir réfléchi quelques instans, lui dit :

— « Cette fleur indique par ses couleurs que vos désirs pour les joies de ce monde vous ont rendu presque fou ; que vous vous êtes constamment montré impatient de les satisfaire, sans que le cœur y prît la moindre part ; que marchant de plaisir en plaisir, au moment où vous vous y attendrez le moins, vous serez attaché par un lien d'amour pour une femme de couleur, à laquelle vous n'aurez jamais parlé. »

— Où donc trouverai-je cette femme qui doit m'enlacer dans ses liens ? Conduisez-moi vers elle.

— Pour le moment c'est impossible ; mais dans peu vos désirs seront satisfaits.

— En attendant parlez-moi de cette femme ; contez-moi son histoire.

— C'est toujours avec bonheur que je répète les gloires de Notre-Dame.

« En l'an 880 , sept pasteurs de Monistrol, village que vous avez dû rencontrer en passant, fesaient paître leurs troupeaux dans ces bruyères. Ils observèrent que, pendant plusieurs samedis, dès que le soleil se cachait, il se détachait du ciel de brillantes lumières, et qu'en même temps des chants harmonieux se fesaient entendre comme le chœur des anges. Ils crurent d'abord que c'était une illusion de leur esprit ; mais voyant que cela se répétait tous les samedis, ils en avertirent leurs patrons qui, à leur tour, en parlèrent au curé de la paroisse. Monseigneur l'Evêque de Vich désira s'assurer par lui-même d'un phénomène que la voix publique avait répandu dans tout son diocèse. En conséquence, il se rendit le samedi suivant au pied de la montagne , accompagné de divers curés et de quelques seigneurs des environs. A l'heure indiquée par les bergers, ils aperçurent des feux lumineux qui descendaient du ciel et entendirent des cantiques célestes. Pleins de respect et d'admiration, ils se jetèrent à genoux, priant Dieu de leur faire connaître l'objet de ce miracle. Avant de partir, le saint Evêque chargea quelques personnes pieuses de reconnaître le lieu d'où partaient les chants.

» Le terrain sur lequel a été édifiée la chapelle dite de la Cuve était alors coupé par des précipices et presque inaccessible; mais en gravissant des rochers escarpés, débarrassant peu-à-peu les passages des nombreuses difficultés qu'ils présentaient, ils arrivèrent enfin à une grotte où ils rencontrèrent le précieux trésor objet de leurs pénibles recherches, c'est-à-dire l'image sacrée de la Mère de Dieu, tenant sur ses genoux l'enfant Jésus.

» Ils expédièrent aussitôt un ecclésiastique vers Mgr. l'Evêque, qui s'empressa d'arriver et monta processionnellement avec son clergé au lieu indiqué, où ils adorèrent la sainte image et la prirent pour la porter à la cathédrale de Manresa. Arrivés au lieu où est aujourd'hui le couvent, ils restèrent tout-à-coup immobiles, sans pouvoir ni avancer ni reculer jusqu'à ce qu'ils eurent fait le vœu de construire en cet endroit le monastère que vous voyez. »

Le religieux, entendant la cloche qui annonçait le Salut, dit au cavalier : suivez-moi, et vous verrez la femme de couleur que vous cherchez.

En entrant dans le sanctuaire , l'anglais fut presque ébloui des rayons que jetaient les yeux de la Vierge noire. Il se prosterna et prit la résolution d'embrasser le catholicisme et d'abjurer la religion de ses pères. Il consacra sa fortune à l'embellissement du monastère auquel il allait se consacrer. Des rois , des princes , tout ce que l'Europe renferme de plus recommandable avait fait des dons prodigieux à la Vierge de Monserrat ; mais la guerre a passé par là et a aidé à dépouiller la sainte maîtresse du logis. Les opinions modernes qui divisent les Espagnols n'ont pas encore contribué à réparer entièrement le mal fait à la religion.

V. — La Piloselle.

VIERGE DE LA MISÉRICORDE. — PERPIGNAN.

Jour du Saint Nom de Marie, en septembre.

La ville de Perpignan, à la suite d'une peste qui avait décimé ses habitans, eut pendant long-temps un aspect triste et affligé. Une mère avait perdu son enfant chéri, un mari pleurait son épouse, victimes du fléau ; l'ami regrettait son ami ; en un mot, les liens les plus doux étaient brisés ; chaque famille avait des regrets amers dont elle ne pouvait chasser le souvenir.

Miséricorde ! criaient les populations ; mais le monstre dévastateur restait insensible ; ni les larmes des mères inconsolables, ni l'affliction des époux, ni les regrets des amis de le touchaient point ; rien ne pouvait assouvir son insatiable cruauté.

La tristesse de notre population s'était étendue dans les villages voisins. Une jeune fille qui gardait des vaches était désolée de voir une si grande mortalité ; elle élevait ses yeux candides au ciel et, en les reportant sur la terre, elle remarqua une plante qui, triste et flétrie, attira son attention. Elle dit en elle-même : il n'est pas étonnant que les êtres raisonnables aient du chagrin lorsque les fleurs de nos champs partagent leur mélancolie.

Elle la cueillit et voyant que c'était un Piloselle, elle lui adressa ces paroles :

— « Plante dont les feuilles sont languissantes, dis à la Reine des Cieux qu'elle se rappelle de moi, et se mettant à genoux, tenant toujours cette fleur à la main, elle fit entendre la prière suivante :

» Marie, tendre mère, accordez à notre malheureuse population un meilleur sort. Comme symbole de ma demande, je vous offre cette plante. Voyez comme ses feuilles sont flétries, elles ressemblent aux habitans de cette ville ; j'espère que vous voudrez bien vous rappeler d'eux : les couleurs blanche et verte de cette Piloselle m'en donnent l'assurance. »

Voilà la prière de cette tendre et jeune fille. L'amour maternel n'est jamais insensible aux prières de ses enfans, et la Vierge Marie, qui aime si profondément les siens, ne pouvait résister à une supplique faite avec tant de simplicité et de ferveur. La tradition rapporte que la Vierge apparut à cette fille et lui assura qu'elle demanderait à son Fils d'exaucer sa prière, en ajoutant : Vas annoncer aux Consuls de faire processionnellement le tour des remparts, un cierge à la main, qu'ils déposeront ensuite devant l'autel du Saint-Sacrement.

Les Consuls, pleins de foi dans le récit de cette enfant, firent ce qu'elle leur prescrivait et la peste disparut. Voulant ensuite reconnaître ce bienfait, ils résolurent de construire un hospice sous l'invocation de Notre-Dame de la Miséricorde, où l'on recevrait les enfans orphelins.

VI. — Le Lis.

VIERGE DE L'ASSOMPTION. — LA RÉAL.

Le 15 août.

Vers le milieu du XIVe siècle, vivait dans la très-fidèle ville de Perpignan un sage ecclésiastique qui vénérait particulièrement la Vierge de l'Assomption, ayant pour inscription sous ses pieds : Protége-nous sous l'abri de tes ailes.

Chaque jour il allait offrir à Marie, dans l'église de la Réal, un bouquet de fleurs diverses. Un jour, en lui présentant un Lis, il se ressouvint de quelques cantiques de Salomon et s'écria :

— « Que vous êtes belles, ô fleurs de Lis ! la couleur blanche exprime la pureté ; vos étamines d'or la richesse ; la suavité de votre parfum, l'amour pur et délicat. »

Une nuit, étant couché depuis plusieurs heures, cet ecclésiastique se trouva transporté en rêve devant le cimetière de cette paroisse ; il ignorait comment il avait été conduit dans ce lieu de pieux souvenirs, lorsqu'il entendit dans l'intérieur du temple entonner le Te Deum. Il s'imagina qu'il s'était levé tard et qu'il était arrivé un des derniers à l'office de matines. — Il regrettait d'avoir succombé au sommeil qui l'avait empêché de se réunir à ses confrères ; cependant il était étonné d'entendre chanter les prières du matin avec la solennité réservée pour les jours de fête (1).

Tout-à-coup les portes latérales du cimetière s'ouvrent et en en approchant il est presque aveuglé de la vive lumière qui sort de l'intérieur. Sa surprise redouble en se convainquant que les sublimes chants qu'il avait entendus provenaient d'un chœur d'anges, vêtus de tuniques blanches, portant chacun un instrument de musique et groupés devant le maître-autel.

Immobile à l'aspect de ce miracle, il voit que l'angélique cohorte lui fait signe d'avancer ; il reçoit en même temps d'un clerc un cierge et on le conduit à l'autel. Là, il reste en extase devant un richissime trône en or, d'où partaient les parfums les plus suaves, et où était assise une femme de la plus grande beauté, magnifiquement habillée, portant des joyaux d'un prix inappréciable. Un brillant diadème ceignait son front majestueux ; les apôtres St.-Pierre et St.-Paul étaient à ses pieds, comme des pages qui attendent les ordres de leur souveraine.

---

(1) Le cimetière de la Réal était situé alors du côté du levant de cette paroisse, et on y communiquait par une porte latérale de l'église.

Cette femme lui dit : Tu ne me connais pas; je suis Marie, mère de Dieu, que depuis long-temps tu sers avec amour et conviction.

En entendant ces paroles consolantes, l'ecclésiastique tombe à genoux et s'écrie : Oh! Sainte Vierge, d'où me vient, moi indigne pécheur, de me trouver en votre auguste présence?

— Ton zèle et ton amour sincère t'ont valu cette faveur; continue comme par le passé et ta récompense égalera ton dévouement.

Après ces paroles, tout disparut. Le prêtre fut réveillé après minuit par les cloches qui appelaient à Matines. Il trouva le curé en entrant dans l'église et lui raconta la vision de la nuit; celui-ci lui répondit qu'il avait tout vu. Après les offices, le curé assembla la communauté; raconta ce qui s'était passé et tous se rendirent à l'autel consacré à la Vierge de l'Assomption, où ils trouvèrent un Lis d'or, qui fut long-temps conservé comme un gage certain de la protection de la Mère de Dieu pour la ville. Plus tard, les paroissiens lui firent élever un riche et magnifique autel, où se célèbrent les mystères de la religion, où accourt toute la population le 15 août de chaque année. Les Rois de France, donnèrent à cette paroisse un chapitre qui jouissait d'immenses priviléges.

VII. — Le Myrte.

VIERGE DE LA NATIVITÉ. — FAUBOURG.

Le 8 Septembre.

Pendant les guerres de la Révolution, un grand nombre de familles se voyaient privées de leurs enfans, appelés par la réquisition à la défense de leur Patrie.

Un jour, un inconnu remettait à une dame du Faubourg de Perpignan une branche de Myrte, en lui disant : c'est votre fils qui m'a chargé de vous donner cette fleur, qu'il a fait bénir dans la chapelle de la Vierge, de la ville de.....

« Le Myrte est le symbole de l'amour; la couleur vert-foncé de ses feuilles appelle l'espérance, ce qui veut dire que vous ne devez jamais désespérer de la bonté divine. Je vous ai déjà dit que votre bon fils avait fait bénir cette plante, vous devez donc la conserver et y avoir foi. Voici, en outre, la lettre qu'il m'a remise.

— « Ma mère chérie, quoique j'aie été obligé de me séparer de vous lorsque la Patrie m'a appelé sous les armes, mon amour est resté le même pour vous. Ayez, chère mère, espérance en la Vierge Marie à laquelle j'offre le Myrte, parce qu'elle nous aime tous les deux. Cette plante doit lui être agréable, sous le rapport qu'elle éternise l'amour et perpétue l'espérance de guérison à ceux qui souffrent. Remarquez les cinq lobes du Myrte et vous y trouverez en les assemblant cinq lettres d'un nom sacré, comme son pouvoir est symbolisé par la couronne que portent ses fruits. Ne vous laissez pas gagner par le désespoir, bonne mère; priez Marie comme je prie son Fils pour vous; offrez-lui le Myrte et soyez sans inquiétude. »

— Je vous rends grâces, dit la mère à l'inconnu, de m'avoir porté cette lettre; mais apprenez-moi quel nom donne mon fils à la Vierge à laquelle le Myrte doit être offert.

— C'est sans doute à celle de la Nativité, car c'est elle que les habitans du Faubourg fêtent le 8 septembre. Son église était autrefois riche des dons que lui apportaient les fidèles, maintenant détruite par les discordes civiles, elle attend son rétablissement qu'elle obtiendra vraisemblablement sous peu. En attendant, offrez-lui chaque année une branche fleurie de Myrte, qui veut dire amour et espérance, et elle vous protégera.

VIII. — La Rose.

NOTRE-DAME DU ROSAIRE. — PALALDA.

Le 6 octobre.

Deux voyageurs se trouvaient à Palalda au moment où il passait une procession. Ils remarquèrent que les habitans de tout sexe, âge et condition, suivaient l'étendard qui la précédait portant un bouquet de roses à la main ou à la boutonnière. La diversité de leurs couleurs rappela au plus jeune voyageur le langage des fleurs. Il dit à son ami : Vois-tu ces boutons de rose que portent les jeunes filles, ils signifient que leur cœur est encore fermé à l'amour de ce monde; celles qui sont blanches et que portent les garçons sont le symbole de l'innocence; les roses d'un rouge foncé qui sont entre les mains de cette dodue villageoise, rappellent son état de santé. La procession continuait, lorsque notre interprète de Flore expliqua à son ami que les roses à cent feuilles que portaient les demoiselles qui précèdent la Vierge veulent dire beauté.

La Vierge qui, sous l'invocation du Rosaire, fermait la procession, était vêtue avec magnificence; elle était entourée d'une guirlande de fleurs de diverses nuances: son bouquet et sa couronne ne se composaient que de roses blanches à peine épanouies. La guirlande signifiait chaîne d'amour, la couronne vertu, le bouquet, dont les roses étaient un peu plus ouvertes, voulait dire philantropie.

— Mais que désigne la réunion de toutes ces roses ?

— Le voici : Les personnes qui précèdent la procession disent à Marie :
« Vierge, dont la beauté est sans pareille, dont l'amour est aussi noble
que pur, recevez avec bonté l'offrande de nos cœurs vierges, de nos âmes
innocentes; accordez-nous la santé, parce que nous vous aimons comme
votre Fils vous aime. »

L'arrangement des roses qui entourent le tabernacle de la Vierge est la
réponse que celle-ci fait à ceux qui la prient :

« Mes chers enfans, soyez vertueux; dans vos malheurs recourez en
toute confiance à mon amour sans bornes, car dès ce moment je vous
tiens attachés sous la douce chaîne de mon affection. »

— Pourquoi a-t-on dédié à la Reine des Cieux des roses plutôt que
d'autres fleurs ?

— Parce que la rose est la reine des fleurs, comme Marie la reine des
Vierges, le plus précieux ornement de la terre; que la rose, comme plante
médicinale, guérit les infirmités du corps, et que Marie guérit en même
temps celles du corps et de l'esprit.

Pendant la conversation de ces deux étrangers, la procession rentra dans
son sanctuaire, où l'on chanta des hymnes en l'honneur de la Vierge. Bientôt le son des cloches, lancées à toute volée, leur apprit que la fête était
terminée. Ils reprirent leur route, s'entretenant encore long-temps de la
Rose mystique qu'ils avaient eu le bonheur de saluer à leur passage.

IX. — **Pois odorant.**

LA VIERGE DU PORT. — COLLIOURE.

Le 15 Août.

A peine l'aurore venait-elle annoncer une de ces belles matinées du printemps, que je me trouvais devant la chapelle de Collioure, dont les eaux
de la mer baignent le pied. Près de ce sanctuaire existait un jardin, et
parmi les nombreuses fleurs qui en fesaient l'ornement et qui embaumaient
les alentours, je distinguai une assez grande quantité de pois odoriférans.
Après les avoir examinés quelque temps, je cherchai à me ressouvenir du
langage des fleurs et je trouvai qu'ils symbolisaient les plaisirs délicieux.
De quels plus délicieux plaisirs pouvais-je jouir devant la perspective
incommensurable qui s'offrait à mes yeux ? Je reportai mes regards sur cette
plante légumineuse et je vis que ses fleurs étaient les unes ornées de blanc
et de rose, les autres de violet et de cramoisi. Je cherchai dans ma
mémoire la signification de ces couleurs sans pouvoir la bien comprendre.

Je m'acheminai alors vers l'église, et en en fesant le trajet je me rappelai que le violet et le cramoisi réunis signifient amour constant, le rose et le blanc beauté sans égale. Ne pouvant parvenir à donner un sens satisfesant à ces emblêmes, j'eus recours à la botanique, qui m'apprit que le pois odoriférant a, comme toutes les plantes légumineuses, cinq pétales et cinq pistils, et pendant mes combinaisons j'arrivai à la chapelle.

A peine entré, je compris la solution de l'énigme que je cherchais, c'est-à-dire que Marie est la beauté sans égale et l'amour constant.

J'entrai dans ce saint temple et j'appris que de temps immémorial cette chapelle avait été édifiée et dédiée à la Vierge du Port; qu'au commencement elle était extrêmement restreinte, mais qu'elle avait été agrandie par la munificence des marins et des édiles de la ville.

Je priai aux pieds de la Vierge, je lui offris des fleurs, je versai quelque monnaie dans un tronc qui se trouvait à proximité, afin de contribuer à l'entretien de son luminaire, et il me parut que la Vierge daignait me dire :

« Mon enfant, conserve ta piété ainsi que ton amour pour les pauvres, c'est le moyen d'obtenir mon intercession pour toi auprès de mon Fils. »

Je me retirai de ce lieu sacré convaincu que le cramoisi signifie piété, le blanc candeur, le violet amitié et le rose amour.

X. — Le Jasmin.

VIERGE DE BON SECOURS. — TORREILLES.

Le 8 Septembre.

Il y a des populations qui se rendent célèbres par les belles qualités de leurs habitans, d'autres par leurs excès. Alger, ainsi que toute la Barbarie, étaient craints à cause des pirateries que les habitans exerçaient, de sorte que les côtes de la Méditerranée et quelques-unes de ses îles se voyaient constamment menacées par des écumeurs de mer.

Un jour une barque de pêcheurs roussillonnais fut prise et conduite à Alger, où l'équipage et les agrès furent vendus aux enchères. L'un des pêcheurs, acheté par un riche propriétaire, fut attaché à la culture d'un grand et magnifique jardin.

L'esclave prit possession de la charge qui lui avait été confiée, visita le jardin dans tous ses détails, suivit le cours d'un ruisseau dont les eaux glissaient doucement à travers d'un sable fin et venaient arroser des touffes de rosiers, de tulipiers, citronniers, etc.; ce qui rendait ce lieu aussi beau qu'agréable, où l'on jouissait du parfum des fleurs, du chant des rossignols et d'une fraîcheur recherchée dans ce pays.

Sous une voûte de platanes, parmi lesquels serpentaient des jasmins qui formaient une tonnelle où les rayons du soleil ne pouvaient pas pénétrer, on rencontrait, à peu de distance, un étang qui fournissait l'eau nécessaire pour l'arrosage du jardin. L'esclave, en visitant ces lieux, découvrit une statuette en marbre blanc, qui semblait avoir été enfouie là depuis un temps immémorial, représentant le mère du Christ. Etonné que cette image sainte se trouvât sur une terre de mécréans, il se jeta à ses pieds, fit une humble prière et lui offrit un bouquet de jasmins de trois couleurs.

Chaque jour il renouvelait ses vœux et son bouquet, en disant : « Accepte, Vierge Sainte, cette faible offrande de mon cœur. Le jasmin blanc est le symbole de l'amabilité, le rouge-incarnat exprime le bonheur, le jaune la séparation. Je te supplie donc, ô Marie, de me racheter de l'esclavage dans lequel je gémis et je te promets de t'élever un chapelle, où les chrétiens iront te rendre la vénération qui t'est due. »

Par la persévérance on obtient beaucoup. Un matin il vit arriver un individu qui lui dit, en idiôme catalan, tu es libre, parts et souviens-toi.

En effet, son maître lui confirma cette bonne nouvelle. Il partit, rejoignit son pays natal, et ne mettant aucun doute qu'il ne dût ce bonheur à l'intercession de la Sainte Vierge, il s'imposa tant de privations, intéressa tant de monde, qu'il réussit à construire sur le territoire de Torreilles, où était sa famille, une chapelle dédiée à Marie, sous la dénomination de Bon Secours.

Il nous a été impossible de découvrir d'où vient le nom de *Juegas*, qu'on donne à la Vierge de cet ermitage, qui doit avoir été pris du dialecte algérien. C'est une des chapelles qui a été respectée dans les temps désastreux de la fin du xviiie siècle et qui attire beaucoup de monde le 8 septembre.

XI. — **Chelidoine** (1).

LA VIERGE DU PUITS. — LAROQUE.

Le 8 Septembre.

La Chelidoine est une plante vivace, qui vient dans les interstices des murs, qui se plait dans les crevasses des ruines ; elle est le symbole de l'amour maternel.

Ce nom lui vient du grec — chelidon — hirondelle, parce que les anciens croyaient que cet oiseau recherchait cette plante qui lui servait à fortifier la vue de ses petits. La science a, dit-on, trouvé moyen d'extraire de cette herbe une eau qui est un spécifique pour les maladies de la vue.

Quoi qu'il en soit, examinons en détail ce que peuvent signifier les cou-

(1) Plante papaveracée.

leurs de cette plante. Ses fleurs qui sont jaunes veulent dirent désespoir ; le vert qu'on voit dans le calice, espérance ; les feuilles d'un vert-jaune, libéralité.

Voyons maintenant ce qu'il y a de commun entre le symbole de cette plante et la Reine des Cieux.

Des enfans jouaient dans la campagne de Laroque sur un plateau où se trouvait un puits. L'un d'eux, par un accident inconnu, y tomba sans que ses camarades, occupés de leurs amusemens, s'en aperçussent. La nuit venue, chacun gagna son logis, et la mère de l'enfant qui avait disparu courut aux informations. Il interrogea d'abord les camarades de son fils qui lui dirent ne l'avoir pas vu et qu'ils ne s'en étaient pas occupés pensant qu'il était rentré chez lui.

La bonne mère désespérée court inutilement le village, pleurant, demandant à grands cris des nouvelles de son enfant. Ses recherches étant vaines dans la population, elle parcourt la campagne, interrogeant tous les passans s'ils n'ont pas vu un enfant dont elle donne le signalement. Fatiguée de ses courses, et se trouvant près du puits situé sur le plateau où les enfans jouaient, elle s'appuie sur la margelle où elle donne cours à son désespoir, lorsque tout-à-coup elle entend une voix qui lui dit : — « Pauvre mère, ne pleurez pas ; je suis tombé dans ce puits par inadvertance et en jouant ; mais j'ai appelé à mon secours la Vierge Marie, qui ma préservé dans ma chute, de sorte que je ne me suis pas fait mal. »

La mère court au village pour demander du secours en criant au miracle ; plusieurs personnes la suivent, notamment le curé. Un des habitans se dévoua pour descendre dans ce puits extrêmement profond, et aidé par d'autres, il rendit à sa mère l'enfant sain et sauf. Celle-ci dans sa joie, voyant que son fils n'avait pas reçu la moindre contusion, fit le vœu, en présence de tous ses concitoyens, de donner une somme assez considérable qu'elle désigna, à la condition que la fabrique ferait faire chaque année une procession qui se rendrait de l'église au plateau où se trouve le puits, en reconnaissance du miracle que la Reine du monde a daigné faire en faveur de son enfant. De plus, elle institua un legs pour qu'il fût offert en même temps à la Vierge un bouquet qui aurait pour fleur principale la Chélidoine, herbe qui tapissait le mur et la margelle du puits, exprimant par là que dans le malheur il ne faut jamais désespérer du secours de Marie, qui n'abandonne point ceux qui ont foi en sa sainte protection.

L'ermitage dont il est ici question existe encore en bon état. Il paraît avoir été bâti dans le xvIIe siècle. Il est à croire que le local dont parle cette légende est le même que celui qui appartenait aux Bénédictins de St-Genis, dont il formait une dépendance, et qui aura été construit sur l'emplacement où la tradition place le Puits.

XII. — La Tulipe.

VIERGE DU MIRACLE. — DORRES.

Le 15 Août.

L'an 1458, 1er août, deux enfans sains et bien portans fesaient paître leur troupeau sur un pré où il y avait un grand genevrier. L'aîné pouvait compter douze ans, l'autre en avait de neuf à dix. Une brebis s'était égarée et pendant qu'ils couraient de tous côtés pour la découvrir, ils se trouvèrent face à face d'une jolie fille d'environ douze ans, assez bien habillée, dont les cheveux d'or retombaient sur les épaules, qui leur dit :

» Mes amis, notre village est atteint depuis longtemps d'une maladie pestilentielle, que Dieu y a envoyée parce qu'il est irrité contre ses habitans à cause de leur impiété. Comme j'ai pour mon pays un amour véritable, que je désire son bonheur, allez dire aux chefs que s'ils veulent s'amender, faire pénitence, la Divine Majesté oubliera leurs fautes passées. »

Elle remit ensuite au plus âgé une petite croix bien travaillée, prit le chemin de la montagne et se perdit dans les rochers.

Les deux pastoureaux s'acquittèrent si bien de leur mandat, qu'aidés par le curé de la paroisse, les habitans se rapprochèrent du Saint lieu et élevèrent une croix sur la propriété où se trouvait le genevrier. Plus tard ils firent construire à la Vierge du Miracle une chapelle sur la montagne où la petite fille disparut, vénérée primitivement sous le nom de Marie Consolatrice, aujourd'hui connue sous le nom de Belloch.

Voici pourquoi on a dédié une tulipe à cette Vierge. Cette fleur est le symbole d'une déclaration d'amour; car Marie fit aux habitans de ce village une déclaration de la part qu'elle prenait à leur malheureux sort; elle leur promit un amour constant, une félicité parfaite et l'oubli du passé pourvu qu'ils tinssent une conduite moins pécheresse qu'auparavant.

XIII. — Le Jacinthe.

VIERGE DU CORAL. — PRATS-DE-MOLLO.

Le 15 Août.

Une chapelle dédiée à la Reine des Anges a été construite de temps immémorial sur une haute montagne qui sépare la France de l'Espagne, dans un lieu couvert de roches affreuses appelé le col d'Ares. Dans la petite ville de Prats-de-Mollo, il y avait une sainte femme qu'une douloureuse maladie retenait au lit, sans que la médecine eût pu trouver un soulagement à ses maux. Sa fille la soignait avec un dévouement admirable, mais elle se chagrinait de voir que la tombe allait s'ouvrir pour celle qui lui avait donné le jour.

La malade dit à sa jeune fille : « Les hommes sont inhabiles à me guérir ; je n'ai d'autre confiance qu'en la bonté et la puissance de la Mère de Dieu ; vas, ma fille, offrir un cierge à la Vierge de la Montagne et prie-là de m'être propice.

La bonne fille sortit, fut cueillir un bouquet de jacinthes, les uns bleus, les autres blancs ou panachés ; acheta un cierge et s'achemina vers l'oratoire de la Vierge. Là, elle s'agenouilla, tenant d'une main son bouquet, de l'autre le cierge allumé et fit la prière suivante :

— « Bonne Vierge, vous dont la puissance est infinie, daignez accepter ces fleurs de jacinthe, symbole de la bonté ; la couleur bleue des uns est l'emblème de la tristesse qui consume mon cœur et celui de ma pauvre mère ; les blancs représentent votre immense pouvoir. Ma tendre mère a mis en vous toute sa confiance, veuillez agréer nos suppliques. »

Cette prière terminée, la fille se relève, laisse son offrande et va rejoindre sa mère, qui au bout de quelques jours, fut entièrement guérie. Ne mettant aucun doute qu'elle ne devait son rétablissement qu'à la généreuse intercession de Marie, elle contait à tout le monde la manière miraculeuse dont elle avait été soulagée.

Plus tard, les habitans de Prats-de-Mollo firent bâtir la chapelle au lieu où elle existe aujourd'hui, sous le nom de la Vierge du Coral, convaincus que sa haute bienveillance favoriserait de sa toute puissante protection les habitans de cette ville.

Voici succinctement ce que rapporte la tradition : cet ermitage est entouré de forêts, son aspect est magnifique et très renommé par la fraîcheur et l'excellence des eaux. Les personnes qui ont voulu connaître d'où provenait le nom de *Coral* n'ont pas pu se mettre d'accord. Les uns ont prétendu que c'était à cette belle plante marine produite par le suintement des gorgones qui l'habitent, que nous appelons *Corail;* d'autres, et c'est plus probable, assurent qu'on a dit primitivement *Cor alt*, soit par allusion au cœur bon et élevé de Marie, soit à cause des prières qu'on chantait *en chœur* sur le haut de cette montagne.

Le Jacinthe fut choisi par la fille de la malade parce que cette plante offre trois catégories de fleurs : simples, doubles, grosses, ce qui veut dire que la Sainte-Vierge peut guérir les maladies légères, celles qui offrent de la gravité comme celles que la science humaine considère comme incurables ; enfin, parce que cette fleur a cinq cents variétés, qui indiquent les grâces infinies qui peuvent découler du pouvoir de Marie.

3

XIV. — **L'OEillet.**

VIERGE DE NURIA. — ESPAGNE.

Le 15 Août.

Dans le langage des fleurs, l'œillet signifie amour vif et pur; cependant la signification de cette plante diffère selon les couleurs. Le jaune veut dire mépris; le blanc sentiment et pureté; le chiné aversion; l'incarnat amour ardent; le panaché émulation; le rouge ardeur, promptitude; l'américain, adulation, etc., etc.

L'œillet se produit dans les climats chauds comme dans les climats froids. Sur les monts anti-Pyrénéens, aux confins du diocèse d'Urgel, il y a une petite plaine entourée de montagnes hautes et couvertes de neige la plus grande partie de l'année. Dans cette plaine où l'on voit de belles et vertes prairies couvertes de fleurs, on trouve un œillet blanc dédié à Marie. Cette chapelle est entourée d'une quantité considérable de cette plante de diverses couleurs, pour faire comprendre aux visiteurs que la Reine qui l'habite est loin de vouloir qu'on lui applique toutes les significations qu'on attribue à l'œillet, suivant ses couleurs; elle semble leur dire :

— « Dévots pèlerins qui approchez de ce saint asile sans y apporter des sentimens purs, qui méprisez vos frères, qui croyez que l'adulation est une vertu, qui n'avez pas pour mon Fils un amour ardent et sincère, retirez-vous; les grâces que vous venez me demander vous seront refusées; je ne les accorde qu'à ceux qui portent à mes pieds l'amour de l'humanité et de la fraternité bien entendue. »

Cet OEillet est d'un blanc pur et s'appelle la Vierge de Nuria. Nous allons donner une relation bien concise de l'histoire qui la concerne.

En l'an 700 de l'ère chrétienne, un homme originaire d'Athènes, qui portait le nom de Gil, vint à Urgel où il porta une image de la mère de Dieu, pour qu'elle le soutînt et le consolât dans la rude et sincère pénitence qu'il venait subir dans les montagnes de Nuria. Sa sainteté, sa dévotion fut connue des infidèles et lui attirèrent une si cruelle persécution qu'il fut obligé de quitter le pays. Avant d'abandonner cette affectionnée montagne, il eut soin de cacher l'image vénérée de la Vierge dans une grotte dont il ferma l'entrée à pierre et à chaux afin que personne ne pût la profaner.

Le Croissant africain s'empara de cette partie de l'Espagne sans que la cachette de Gil, connu aujourd'hui et vénéré sous le titre de Saint-Gil, abbé, eût été découverte. En 1062, un nommé Amadeo, originaire de Dalmatie, arriva à Nuria pour remplir un ordre divin, qui lui avait appris dans un songe que dans une des montagnes qui avoisinent la plaine d'Urgel dans les Pyrénées, il rencontrerait une pierre blanche où il s'arrêterait, et sur laquelle il élèverait un chapelle sous l'invocation de la Mère du Seigneur. En effet, il remplit exactement sa mission et retourna à son pays. La pierre blanche n'était autre que celle qui recouvrait la statue de Marie, que l'abbé Gil avait cachée, près de laquelle on trouva une croix, une petite cloche et une marmite ou grand pot en métal, qui existent encore dans l'église de l'ermitage, dont la chapelle fut réédifiée en 1646. Cette marmite, dans laquelle l'épouse qui craint de n'avoir pas des enfans va mettre la tête, produit des miracles pour celles qui s'adressent à la Vierge avec un cœur fervent et une foi vive.

Il n'y a pas d'ermitage dans nos contrées qui soit plus fréquenté, soit le jour de la fête, soit dans le courant de l'année.

XV. — L'Hortensia.

VIERGE DU CASTELL. — SORÈDE.

Le lundi de Pentecôte et le 8 Septembre.

Avant de décrire la plante mystique dont nous allons nous occuper, nous voulons faire connaître à nos lecteurs le pays où elle existe.

Au pied d'une des plus belles montagnes de nos Albères, est situé un riche village où l'on découvre quelques anciens vestiges du passage des Romains, qui annoncent son antiquité ; un clocher fait connaître qu'un temple est élevé au Dieu des Chrétiens. Un ciel pur et bleu, comme le manteau de la Vierge, couvre son atmosphère, et dès que le soleil a disparu derrière les hautes et belles montagnes qui le dominent, apparaissent une immensité de diamans célestes qui brillent du même éclat que ceux qui entourent la couronne de Marie.

La vue se réjouit en examinant la frondosité de ses forêts, la richesse de ses jardins, la somptuosité de ses guérets, la beauté de ses oliviers. Du haut de l'une de ces montagnes, on découvre un point de vue admirable. Là une riche dame, d'une beauté parfaite, possède une maison de campagne ; c'est la Vierge Marie, patronne de ce canton.

Cette Vierge, du haut de son belvédère, distribue ses grâces aux dévots qui les réclament avec ferveur, notamment le lundi de Pentecôte, où les populations d'alentour viennent se grouper à ses pieds pour solliciter son assistance, et en même temps jouir de l'air pur et salutaire qui règne dans ces lieux, et s'y abreuver des eaux excellentes qui sourdent des fissures des rochers.

On lui a dédié l'Hortensia, parce que cette fleur signifie amour constant, parce qu'elle est ornée de cinq pétales, cinq étamines, cinq découpures, qui représentent, dans quelque sens qu'on l'examine, le nom sacré de Marie. De plus, ses feuilles par leur nombre incalculable, signifient que les bienfaits qui découlent sans cesse du cœur de la Mère de Dieu sont inépuisables.

Non loin de ce lieu où est situé cet ermitage, s'élevait autrefois un château connu sous le nom d'Utrera, qui s'écroula de vétusté. Par l'effet de la protectiondivine, la chapelle fut conservée, et en 1600 les habitans de Sorède la consacrèrent à la Vierge, sous le nom de Notre-Dame du Castell.

XVI. — **L'Anémone.**

VIERGE DU CHÊNE. — LES MASOS.

Le 15 Août.

Une belle et jolie femme était mariée à un homme qui, entr'autres défauts, poussait l'impatience à un degré intolérable. Chaque jour cette bonne épouse était exposée à de mauvais traitemens bien immérités. Ce couple demeurait dans un des villages du Conflent.

La jeune femme ne savait quels moyens prendre pour modérer l'impatience de son mari, qui d'ailleurs n'était pas un méchant homme, lorsqu'une de ses amies lui conseilla d'aller prier avec confiance la Mère de Miséricorde qui sans doute la soulagerait. Pour cela, ajouta-t-elle, prends deux bouquets d'Anémones, tu en offriras un à la Vierge et plus tard l'autre à ton mari. La femme suivit le conseil de son amie; elle fut se jeter aux pieds de la Madone de sa paroisse, la pria avec ferveur, lui laissa un des bouquets, emporta l'autre, et le présenta à son mari au moment où il eut une de ces impatiences qui lui étaient habituelles.

— Que signifie cela? lui demanda son époux.

-- Cela signifie qu'à cause de tes injustes et fréquentes impatiences, j'ai prié la Vierge de l'Ormeau ou du Chêne de vouloir prendre pitié de nous deux et de te guérir. Je lui ai offert un bouquet pareil à celui-ci, parce que l'Anémone symbolise l'impatience, en lui fesant cette prière :

« Vierge sainte et immaculée, dont le pouvoir est aussi grand que votre gloire et votre bonté, accordez à mon mari un peu de cette patience qu'il vous a fallu pour surmonter vos douleurs pendant le séjour que vous avez fait sur cette terre; j'attends cette grâce de votre inépuisable amour pour ceux qui s'adressent à vous en toute confiance. »

— Comment, dit le mari avec un peu plus de douceur, as-tu choisi ces fleurs ?

— Par rapport à leurs diverses couleurs : L'amaranthe veut dire gloire; le cramoisi piété; le rose amour; le jaune foncé richesse; l'orange impétuosité réprimée; la couleur de feu, véhémence, et l'espoir d'obtenir ma demande s'explique par le beau vert des feuilles qui entourent cette fleur.

— Qui t'a conseillée de t'adresser à la Vierge?

— La religion qui apprend que la Mère de Dieu est un remède souverain contre l'impatience.

— Comment le sais-tu ?

— Voici, suivant la tradition, ce que j'ai entendu répéter dans ma jeunesse :

« Une vache s'était échappée d'un troupeau; la fille chargée de le surveiller la cherchait en témoignant une impatience qui ressemblait à la colère. Tout-à-coup une femme lui apparut et lui dit avec bonté que la vache qu'elle cherchait et qui lui causait tant de déplaisir était à son étable. Cet avis, qui se vérifia, étonna la population et l'on voulut connaître la femme qui avait deviné si juste. Convaincus que ce ne pouvait être qu'une Sainte, les habitans voulurent élever une chapelle là où était le chêne contre lequel elle était appuyée lorsqu'elle parla à la fille impatiente qui gardait les vaches. Cette chapelle est en grande vénération dans ce pays et la Vierge qu'on y prie attire les bénédictions de Dieu sur ces montagnes. »

Le mari fut à jamais guéri de ses impatiences et les deux époux ne manquaient pas chaque année, à pareil jour, d'aller offrir à la Vierge un gros bouquet d'Anémones de couleurs variées.

XVII. — **Le Dalhia.**

VIERGE DE BON PART (1). — SAINT-FELIU-D'AMONT.

Le 15 Août.

Dès le jour fatal où la première créature désobéit aux ordres de Dieu, le travail pour l'homme et l'enfantement avec douleur pour la femme ont été le châtiment et la conséquence d'avoir touché au fruit défendu. Le beau sexe est donc condamné à souffrir avant de jouir du bonheur de la maternité.

Toutes les femmes doivent payer ce tribut; il n'y a que celle qui naquit pour adoucir la loi de la désobéissance, qui a eu l'avantage d'un accouchement sans douleur, aussi s'intéresse-t-elle à celles qui l'invoquent dans ce moment critique.

---

(1) *Enfantement.* Nous avons laissé le mot catalan *Bon Part*, comme plus connu en Roussillon.

Une mère était en mal d'enfant et priait avec ferveur la Vierge de lui être propice. Elle fit apporter près d'elle le manteau de Notre-Dame de Bon Part, qu'on vénère dans toute la chrétienté. En peu d'instants ses vœux furent exaucés et la mère reconnaissante garda ce précieux manteau jusqu'au jour où il lui fut permis de l'accompagner solennellement à la chapelle d'où on l'avait retiré.

Elle présenta alors à la Vierge Sainte un bouquet de Dalhias qui sont le symbole de la reconnaissance. Il était composé de Dalhias cramoisi, lillas, paille et rose, et adressa à la Reine des Anges la prière suivante :

« Vierge Marie, dans le moment critique où j'allais mettre au jour un enfant bien-aimé, vous avez daigné vous apitoyer sur mon sort. En témoignage de ma gratitude, qui ne s'effacera jamais de mon cœur, recevez ce bouquet de Dalhias, dont les couleurs sont l'emblême de vos attributs, et dont les feuilles désignent l'espoir fondé que j'avais mis en vous. »

La première sortie de la mère fut d'aller au temple recommander son fils à Notre-Dame de Bon Part. A peine cet enfant était-il parvenu à l'adolescence que les pirates l'enlevèrent et l'emmenèrent en Afrique.

La pauvre mère désolée ne manqua pas un seul jour d'aller se jeter aux pieds de la Vierge et lui demander d'intercéder auprès de son Fils pour qu'il lui rendit le fruit de ses entrailles. Un jour, tandis qu'elle priait pour obtenir la délivrance de son enfant, elle entendit un bruit de chaînes qui résonnait dans la chapelle ; elle se tourne et reconnaît son fils bien-aimé.

— Qui a pu te délivrer, cher enfant, s'écria-t-elle en lui sautant au cou ?

— La Vierge Marie.

La mère ne pouvait plus douter que ses prières n'eussent été exaucées ; elle voulut en reconnaissance de ce grand bienfait dédier une chapelle à Notre-Dame, qu'elle fit construire sur une de ses propriétés, à St.-Feliu-d'Amont, que depuis les habitans ont appelée la Vierge de *la Salvetad*.

Chaque année, le 15 août, elle présentait à Marie un bouquet de Dalhias, parce que cette fleur, par ses variétés, sa beauté et à cause de la portion alimentaire que ses tubercules contiennent, est la plus digne d'orner l'autel de la Vierge.

XVIII. — La Pensée.

LA VIERGE DES ANGES. — REYNÈS-VILAR.

Le 15 Août.

Un jeune homme voyageant à pied s'arrêta pour se délasser un moment. Il venait de parcourir les montagnes du Vallespir. Pendant qu'il se reposait, passa un moine de l'ordre des Capucins qui fesait sa promenade. Le voyageur lui demanda à qui était dédiée une chapelle qu'il avait dépassée depuis environ un quart d'heure, entourée de plantes de diverses espèces, mais parmi lesquelles la Pensée dominait.

— Je vais vous le dire, répondit le moine : « Cet oratoire est dédié à Marie, comme vous l'indique la fleur principale qu'on y entretient, qui veut dire, pensez à moi. Il a été construit en 1190 par les habitans des villages environnans, à la suite d'une grande sécheresse qui les avait réduits à la plus profonde misère.

» Un homme vertueux de ces villages, âgé d'environ soixante ans, fut obligé d'aller, pour faire moudre un peu de blé, afin d'alimenter sa famille, à un moulin où l'on ne pouvait arriver qu'en traversant la rivière du Tech. Il pria un voisin de lui prêter sa mule, ce qui lui fut gracieusement accordé.

» La pluie tombait battante lorsqu'il voulut rentrer chez lui ; il invoqua la Vierge Marie et se mit en route avec la mule alors chargée de farine. Malgré que les eaux fussent grosses, il se détermina à traverser le torrent ; mais quelques efforts que fît sa monture, il courut le danger imminent de la perdre ainsi que la charge qu'elle portait, destinée à nourrir pendant quelque temps des enfans et une mère qui l'attendaient avec une vive anxiété.

» Dans cet embarras extrême, une femme vint à passer et voyant la détresse de ce bon père de famille, elle lui dit : « Brave homme, entrez dans l'eau, coupez les cordes qui retiennent la charge que porte votre mulet, et le tout se sauvera. Malgré le danger qui paraissait si imminent, le vieillard suivit ce conseil, et, à son grand étonnement, sa monture regagna l'autre rive et l'eau rejeta la farine sur le bord de la rivière sans être endommagée.

» Dès que le vieillard eut vu en sûreté et la mule et la farine, il voulut remercier la femme inconnue, mais elle avait disparu.

» Ne doutant plus que le miracle qui venait de s'opérer en sa faveur ne fût l'œuvre d'une sainte et même de la Vierge des Anges, il raconta cet événement à ses paroissiens, qui fut immédiatement rapporté au curé, et tous ensemble décidèrent d'édifier une chapelle en l'honneur de la Reine des Anges, qu'on construisit en peu de temps, et qui en traversant les siècles est devenue un ermitage, où, le 15 août, un prêtre va officier, attendu que c'est le rendez-vous d'un grand nombre de dévots des alentours.

A peine le moine avait-il fini, qu'il entendit, quoique fort éloigné, les cloches du monastère qui l'apppelaient aux offices ; il engagea ce brave homme de l'accompagner à son couvent, où il put se convaincre que la Vierge qu'on y vénère dit à tous les croyans :

« Pensez à moi et vous jouirez du bonheur éternel. »

XIX. — La Fleur de Lis jaune.

LA VIERGE AUX LIONS. — CORNEILLA-CONFLENT.

Le 15 Août.

En l'an 793, un ecclésiastique qui administrait une cure d'un village situé sur le versant nord du Canigou, se leva après que son sablier eût marqué la douzième heure de la nuit, et se dirigea vers une chapelle confiée à ses soins, à demi-heure de son presbytère. La nuit était calme et silencieuse; dans sa marche solitaire, il n'entendait d'autre bruit que celui de ses pas, le bruissement des feuilles de quelques arbres clair-semés, le murmure monotone des ruisseaux qui s'échappent à travers les rochers et le mugissement de quelques bêtes fauves, lorsque tout-à-coup il fut frappé d'une vive clarté qui fit disparaître l'étincellement des étoiles. Emerveillé de ce phénomène, il s'assit pour mieux le contempler et finit par céder à un doux sommeil.

Pendant qu'il dormait, il eut une vision qui le transporta à l'ermitage de Saint-Sauveur, depuis long-temps détruit. Là, lui apparut un vénérable vieillard, portant une tunique plus blanche que la neige, qui l'accompagna dans le creux d'un rocher gardé par deux lions. Ce parage semblait être en feu, et cette éblouissante clarté lui permit de voir trois autres lions qui abattaient avec leurs griffes un mur bâti entre deux hautes montagnes. Après deux heures de travail, une partie de cette muraille s'écroula et laissa apercevoir un grotte bien éclairée et d'où sortait une odeur des plus suaves.

Le vieillard prit alors la parole et dit au curé émerveillé :

« Pendant la fureur de nos guerres avec les infidèles, les chrétiens de cette contrée cachèrent l'image de la Vierge Marie dans cette grotte, qu'ils célèrent à pierre et à chaux afin de la soustraire à leurs injures. Depuis trois cents ans qu'elle repose dans ce lieu, les sectateurs du Coran en ont toujours été éloignés par la garde qu'y ont fait constamment les lions que Dieu y envoya sans doute exprès. Il est temps maintenant que cette image révérée soit restituée au vrai culte; c'est pour cela que celui qui dispose de l'univers t'a choisi pour la rendre aux vœux des chrétiens de cette contrée, qui lui élèveront, dans un des villages de cette montagne, un temple digne d'elle. »

Après ce discours, il disparut et le bon curé se réveilla. Il s'empressa de rendre compte à l'Evêque du diocèse, au clergé et à ses paroissiens du songe que Dieu lui avait envoyé. Des aumônes furent demandées et bientôt obtenues en assez grande quantité pour construire à la Reine des Cieux une demeure digne des bienfaits qu'elle répand tous les jours dans ces campagnes fortunées. Cette église était devenue à la suite des siècles une abbaye très-importante dans le village de Corneilla, sous l'invocation de Marie.

Voilà pourquoi on a choisi le lis jaune, qui signifie force, comme les lions qui furent envoyés pour garder la Vierge et la mettre à l'abri de la profanation des infidèles; fleur que plusieurs rois de la chrétienté ont admise dans leurs écussons, qui a brillé pendant des siècles sur les drapeaux qui conduisirent les preux à la conquête des lieux saints; fleur enfin qui est ornée de trois pétales qui représentent les trois lions qui, par ordre de Dieu, démolirent le mur qui cachait la Vierge pour la restituer au culte si mérité des chrétiens de ces montagnes.

Le lis a plusieurs variétés : si le blanc a la préférence auprès des horti-culteurs, il la doit à son arome; mais le lis jaune à des vertus médicinales qui souvent sont préférables. Garcia IV, roi de Navarre, atteint d'une maladie grave, dut sa guérison à une image miraculeuse trouvée dans le calice du lis jaune; de là l'ordre militaire de Notre-Dame du Lis, qui est aujourd'hui éteint. Saint Louis disait souvent : une Marguerite et un Lis, fesant allusion à son épouse, aux armes de France et au soulagement qu'il avait trouvé dans une de ses infirmités provenant d'une blessure reçue dans une bataille.

XX. — Le Romarin.

VIERGE DES PRÉS. — ARGELÈS.

Le 15 Août.

C'était un jour d'automne, il y a bien des années, deux chasseurs à cheval traversaient ce vallon, précédés de plusieurs chiens poursuivant la trace d'un lièvre qui s'était perdu dans des bruyères. Fatigués, ils se dirigeaient vers le grand chemin. Le soleil se plongeait déjà derrière les hautes monta-gnes, laissant encore échapper des rayons qui rougissaient les cimes des monts et des pins qui y croissaient. Les chasseurs étaient près d'une petite ville ou bourg, situé non loin de la rivière de la Massane, lorsque leurs chiens firent lever un autre lièvre qui courut à travers les buissons vers le lieu où était alors située la grande niche où l'on avait placé la Vierge connue sous le nom de la Porte des Prés. Les chasseurs les suivirent et arrivés dans un massif d'arbustes divers; ils aperçurent dans ce lieu une grande clarté et d'innombrables oiseaux qui s'en échappaient.

Ces hommes, leurs chevaux et les chiens s'arrêtèrent tout-à-coup; ils entrèrent ensuite dans le bourg et apprirent que pendant les avents de septembre trois lumières s'élevaient chaque année de cet endroit, se dirigeant ensuite vers la niche de Notre-Dame des Prés et s'éteignaient tout-à-coup.

Cette merveille qui se renouvelait tous les ans à la même époque, avait décidé les dévots de cette contrée à offrir, le 15 août, à Marie un bouquet de Romarin, qui est l'emblême de la vérité et dont les effets médicinaux conviennent pour représenter les bontés de la Vierge. Cette plante exprime un souvenir ineffaçable; prise en détail, l'azur pâle de la fleur veut dire évidence; le vert de ses feuilles espérance et les propriétés médicinales semblent dire au malheureux : Cœur inquiet, je suis le remède contre les visions de la troupe infernale; je t'invite à te corriger de tes mauvais penchans; j'ai le pouvoir de calmer la fièvre des passions qui t'entraînent et te consument; espère en moi et je te consolerai. Cette Vierge n'existe plus sur la porte de ce bourg et nos renseignemens nous portent à croire qu'elle se trouve maintenant dans l'église, car on y fête, le 15 août, la Vierge du *Prat*.

XXI. — **Le Basilic.**

VIERGE DE DOMANOVA — RODÈS.

Le 15 Août.

Dans une petite chambre, gisait une mère que la misère bien plus que la maladie retenait sur son grabat. Elle versait des larmes sur un malheureux enfant que la faiblesse empêchait de pleurer, car la pauvre femme ne pouvait plus lui fournir ce précieux nectar que la Providence avait d'abord fait naître dans son sein, mais que la faim avait entièrement tari.

Pendant que cette misérable veuve, sans amis ni sans ressources, fixait ses yeux gonflés par les larmes du désespoir sur son enfant mourant, la porte de sa chambre s'ouvre et laisse passer un jeune homme qui resta absorbé en voyant ce tableau d'une si poignante misère. Après quelques instans, il place dans la main décharnée de l'infortunée mère une bourse garnie de quelques pièces de monnaie, en lui disant : Bonne femme, ne vous informez pas de mon nom; allez chercher quelques alimens qui puissent rétablir vos forces et celles de votre enfant, et ayez confiance en Marie qui n'abandonne jamais ceux qui l'aiment et qui se recommandent à son Fils.

Dès que votre santé vous le permettra, transportez-vous sur la montagne où est située la chapelle de la Vierge; si vous vous sentez fatiguée, désaltérez-vous à la fontaine, et offrez-lui un bouquet de ce Basilic qui croît sur votre fenêtre; car cette fleur, par la petitesse de ses feuilles, veut dire pauvreté et leur couleur espérance.

Adressez-lui en même temps cette prière : « Vierge pure, mère du vrai

Dieu, j'espère que votre bonté, connue de l'univers, me soulagera dans ma misère, car vous pouvez tout auprès de votre divin Fils ; recevez ce bouquet mystique qui servira à guérir les blessures de mon cœur. »

Au bout de quelques temps, grâce aux largesses de l'inconnu, la bonne mère et son enfant rétablirent entièrement leur santé, et la pieuse femme reconnaissante de cet inappréciable bienfait, ne manquait jamais de porter chaque année le bouquet de Basilic à la Reine des Anges, qui fut vénérée par la suite sous le nom de la Mère-Laitière.

Cet ermitage connu aujourd'hui sous le nom de Domanova, famille qui vivait au XIIIe siècle a toujours attiré la dévotion des villages voisins. Il est situé au haut d'un mamelon d'où l'on découvre un bel et immense panorama. Sa fondation est incertaine ; mais les locaux et la chapelle sont bien entretenus, et la fête de la Vierge attire chaque année une foule considérable.

XXII. — La Campanule.

VIERGE DES CARMES. — PERPIGNAN.

Le 16 Juillet.

Un voyageur, curieux de connaître tout ce que pouvait renfermer de remarquable notre ville de Perpignan, se rendit, l'époque n'a pu être retrouvée, à l'ancienne église des Carmes, placée en face de la citadelle. Examinant les inscriptions dans les diverses chapelles, il lut celle-ci : *Lumen luxit in hoc habitaculo.* Il remarqua ensuite un grand tableau, situé dans la chapelle de la confrérie, où était peint un rayon de lumière, divisé en trois, qui éclairait le temple. Il se douta que ce tableau renfermait quelque signification mystérieuse, et il fut la demander à un homme qui ornait le maître-autel de bouquets.

Cette histoire est très ancienne, lui dit cet homme ; mais puisque vous paraissez étranger et que j'ai fini ma besogne, je vais vous la raconter.

« Dans cette chapelle souterraine qui est sous l'autel où nous nous trouvons, était alors la sépulture des moines de cette église. En excavant l'intérieur, on trouva un Christ et une statue qui est celle qu'on vénère sous le nom de la Vierge des Carmes. Au moment où les ouvriers sentirent une forte résistance en donnant leur coup de pioche, un rayon miraculeux de lumière, divisé en trois parties, leur fit connaître qu'ils étaient arrêtés par une puissance suprème, et ils avertirent les supérieurs, qui firent bâtir la chapelle souterraine dédiée à Saint Sauveur sur le lieu de leur inhumation, placèrent la Vierge au maître-autel et le Christ à la chapelle de droite.

» Les laboureurs ont avec raison grande confiance aux vertus de Saint Sauveur, et les plus dévots ou les plus aisés firent bâtir la belle chapelle de la confrérie en 1345. Voici ce que dit la tradition :

» Dès que cette chapelle fut consacrée, on aperçut une lumière plus vive que celle du soleil qui y pénétra tout-à-coup, divisée en trois rayons. La population, les moines, le tiers-ordre s'émurent de ce phénomène, et, pendant leur étonnement, ils entendirent la principale cloche du couvent sonner à toute volée, malgré que personne ne la touchât. Ne s'étant jamais pu rendre compte de cette sonnerie, on appela cette cloche celle du miracle.

» A la vue de ce prodige, les chefs de la communauté firent aussitôt chanter un *Te Deum* et le *Save Regina*, et après ces prières la cloche cessa de sonner. »

Depuis cette époque, chaque année on ornait la chapelle de la Vierge de Campanules rougeâtres, qui sont le symbole de la joie, et dont les cinq étamines figurent le nom de Marie; la forme de la fleur rappelle le louable souvenir de la cloche miraculeuse. Cette chapelle n'a pas été détruite, mais elle est devenue un magasin de l'artillerie de l'Etat, ainsi que l'église et tout le couvent.

XXIII. — Le Camélia.

LA VIERGE DE MER. — BANYULS-SUR-MER.

(LES ABEILLES.) *Le 15 Août.*

Le Camélia ne s'ouvre qu'au souffle du vent. Les tempêtes proviennent des vents qui soulèvent les flots de la mer.

Le Camélia symbolise la reconnaissance.

Des marins venant de régions lointaines navigaient tranquillement, joyeux de revoir leur patrie, lorsque, presque au terme de leur voyage, un épouvantable ouragan les enveloppa de toutes parts. La mer mugit du fond de ses entrailles, l'horizon était sillonné de feu, un tonnerre épouvantable semblait faire chanceler la voûte céleste, et les eaux soulevées étaient près d'engloutir l'équipage.

La confusion sur le bâtiment augmentait de moment en moment, quoique tous les marins fissent des efforts surnaturels pour le guider, chacun selon son rang. La tourmente était si violente que chaque homme croyait pouvoir de la main toucher le firmament, tandis qu'au même instant il se voyait enseveli dans l'abîme.

La tempête avait rendu inutiles les manœuvres de l'équipage, et l'on n'avait d'autre espérance qu'en la bonté divine. Aussi tous se prosternèrent et adressèrent leurs prières à la Mère de Dieu afin qu'elle protégeât leur existence.

Les lames qui couvraient le bâtiment s'abaissèrent peu à peu et l'équipage en entier, tombant à deux genoux, fit la prière suivante à la Reine du monde.

» Camélia de la reconnaissance, Vierge pure, ne soyez pas indifférente à nos maux. Reine de l'univers, faites que la tempête cesse et que l'Iris de la clémence règne dans les cieux. Nous vous promettons de placer votre sainte image à la cime du premier rocher que nous apercevrons. »

Tout à coup les vents rentrent dans les outres; le ciel revêt sa robe bleue; l'Iris brille, la tempête est ensevelie dans le fond de la mer. La première montagne que l'équipage aperçut fut celle qui avoisine Banyuls-de-Mer. Là, sur le plus haut mamelon, malgré des roches incommensurables, les marins élevèrent une petite chapelle à la Vierge, à laquelle ils offraient chaque année un bouquet de Camélias, en reconnaissance du secours qu'elle leur envoya au moment où ils se croyaient perdus. Comme nous l'avons dit, le Camélia est le symbole de la gratitude, le rouge celui de la piété, le blanc veut dire pureté, le pourpre sublimité, le rose amour.

XXIV. — La Pivoine.

VIERGE DE LA RECONNAISSANCE. — MOLITG.

Le 8 Septembre.

Lorsque Charlemagne arriva au pouvoir, il posséda la moitié des Etats de son père. Il soumit ensuite le duché d'Aquitaine, et la mort de son frère Carloman lui valut la monarchie française. Plus tard, il vainquit les Saxons, il acquit en deux campagnes la Lombardie, malgré la blanche barrière des Alpes, d'où il se dirigea vers les Pyrénées, afin de chasser de la Catalogne les sectateurs du Coran.

Arrivé dans le Roussillon, il reçut la nouvelle que les Mores avaient abandonné Narbonne et ses alentours pour venir l'attaquer.

Voyant que les infidèles étaient plus nombreux que les troupes dont il pouvait alors disposer, il hésitait à leur livrer bataille. Il ne voulait pas s'exposer à recevoir un échec et il cherchait un moyen pour sortir d'embarras avec honneur. Il pensa avec raison que le meilleur était d'invoquer la protection du Dieu des armées.

La fervente prière qui sortit de la bouche de Moïse, les bras étendus vers le ciel, pour demander à l'Eternel la victoire sur les Israélites,

Charlemagne la répéta dans son camp près de la ville d'Elne. La sainte cause pour laquelle il désirait la victoire devait être agréée et elle le fut.

Tout-à-coup une vision céleste lui apparut : le ciel s'ouvre et, au milieu de feux étincelans, on vit la mère du Christ, escortée des apôtres et d'une légion de Saints, et tandis que Charles était prosterné, elle lui dit :

« Toi dont le bras est armé pour défendre mon église ne crains rien ; mon Fils est avec toi et ne t'abandonnera pas. Aujourd'hui même tu fouleras sous tes pieds le Croissant. Dès que la victoire t'aura couronné de ses lauriers traverse les Pyrénées et bientôt tu seras le maître des principales villes de l'autre côté. Mais que la gloire ne t'enivre pas; ressouviens-toi de moi et fais bâtir une chapelle sous l'invocation de la Reconnaissance. »

Après ces consolantes paroles, la vision se perdit dans les nuages, et tout le monde connaît les lauriers qui, par la suite, ceignirent le front glorieux de ce monarque. Dès que la Catalogne fut conquise, Charles le Grand rentra en France. Sa santé l'obligea à avoir recours aux eaux thermales de Molitg, où il fit élever une Vierge en argent, et voulut que sa fête y fut célébrée le 8 septembre de chaque année, ce qui depuis a été constamment observé.

Voilà pourquoi on dédia par la suite à Marie la Pivoine comme symbole de la beauté, à cause de ses belles couleurs si variées et de l'arôme qu'elle répand. Le rouge des unes et le blanc des autres, avec leurs étamines jaunes, sont l'emblême des grandes qualités de Marie. La pivoine étant un remède contre les maux de tête, signifie que Marie peut éclairer l'entendement; les couleurs incarnat et jaune expriment gloire et courage, allusion aux victoires immortelles de l'Empereur Charlemage ; cette fleur blanc-rosé présente la beauté éternelle de la Reine de l'univers; les étamines d'un jaune doré rappellent les immenses et riches vertus que possède la Vierge.

XXV. — Le Genêt.

VIERGE DE PÈNE. — ESPIRA-DE-L'AGLY.

Le 8 Septembre.

Un jeune et riche marquis, de belle figure, sacrifiait tout au plaisir de la chasse. Si ses parens lui parlaient de mariage avec une demoiselle de son rang, riche et vertueuse, il leur répondait qu'il ne voulait pas s'exposer à perdre les avantages que lui offrait sa liberté. Occupé de son plaisir favori, il était toute la journée à grimper sur des montagnes, à se mal nourrir et à ne presque pas dormir.

Un jour qu'il se reposait dans un lieu solitaire, il aperçut une chapelle délabrée par le temps. Il s'y rendit et remarqua un point de vue majestueux, un panorama infini, et tandis qu'il était en extase devant les beautés qu'aucun artiste ne peut peindre, qu'aucun poëte ne peut décrire, il vit une jeune fille qui s'occupait, non loin de la place où il se trouvait, à cueillir la fleur de Genêt.

— A quoi destinez-vous ces fleurs ? lui demanda le chasseur.

— A la Vierge de cette chapelle.

— Quelle est cette Vierge ? Sous quel nom est-elle vénérée ? Pourquoi sa demeure se trouve-t-elle dans un lieu si isolé et si sauvage ?

— Je vous le dirai tout à l'heure. Permettez qu'avant j'aille offrir mon bouquet à Marie. En attendant, voilà un Genêt, étudiez-en le sens, et elle entra dans la chapelle. A son retour, cette fille lui demanda :

— Eh bien ! avez-vous trouvé la signification de cette fleur champêtre ?

— Non, répondit le marquis. Veuillez me l'apprendre.

— En 1300, un chasseur de ce voisinage poursuivait un cerf qui fuyait avec toute la vitesse possible ; frappé des rayons du soleil, le chasseur perdit tout-à-coup la vue. Ses cris et ses pleurs furent entendus d'un berger qui vint à son secours et lui conseilla d'avoir foi à la Vierge qui le guérirait. Le jeune homme se jette à genoux, prie fervemment, et au bout de quelques heures recouvre la vue. A la suite de ce miracle, ses parens firent élever une chapelle à la Vierge en reconnaissance du bienfait accordé à leur enfant, qui se trouvait dans la plus grande peine. Voilà pourquoi vous verrez d'anciens tableaux qui témoignent du chagrin du jeune homme, du cerf qui fuit et du conseil que lui donne le berger. »

La jeune fille le quitta et voulant s'assurer si elle avait dit la vérité, il entra dans la chapelle où tout était exact comme l'avait raconté la villageoise. Là, il trouva un ermite en prière, auquel il demanda pourquoi le Genêt était consacré à la Vierge de Pène, et celui-ci lui dit :

— Le jaune-clair des feuilles signifie folie ; le jaune plus foncé, richesse ; le vert mêlé au jaune, mauvaise humeur ; l'ensemble de cette plante symbolise l'ardeur à faire quelque chose, et ses fleurs, après en avoir été détachées, humilité. Ainsi cette plante vous dit : « Jeune homme, c'est une folie de s'adonner à la chasse avec tant d'ardeur ; car dès que vous avancerez en âge, vous aurez de l'humeur de ne pouvoir plus vous y livrer. Il est temps que vous pensiez à vos affaires particulières, que vous preniez une compagne vertueuse qui vous distraira et Dieu bénira vos descendans. Si vous suivez mon conseil, vous trouverez dans cette chapelle une fille sage et belle, ayant l'humilité que retrace la fleur de Genêt. »

Le conseil de l'ermite fut suivi et le jeune marquis, heureux de se voir entouré d'une femme accomplie et de beaux enfans, ne manquait jamais d'apporter tout l'été la fleur de ses Genêts aux pieds de la Vierge de Pène (1).

Cet ermitage est situé sur le plateau d'une montagne stérile, où l'on arrive avec difficulté. Il n'y a dans cette solitude ni verdure, ni eau, quoique située au pied de la rivière de l'Agly. L'église et les locaux qui appartenaient à l'église collégiale de la Réal, paroisse à Perpignan, avaient été dévastés; ils viennent d'être rebâtis en partie par les soins de personnes pieuses.

XXVI. — La Violette.

VIERGE DE VIE — AMÉLIE-LES-BAINS.

Le 15 Août et quelques autres jours de l'année.

Le Roussillon a toujours été une contrée favorisée par la Providence. Entre autres choses, ce pays possède de nombreuses et abondantes eaux thermales. Le voyageur qui visite pour la première fois les bains d'Arles est étonné d'y trouver des sources d'une température si élevée, qui s'échappent de stériles rochers avec une abondance incroyable.

Pendant la belle saison, les divers établissemens de cette commune réunissent une grande quantité d'étrangers, notamment de France et d'Espagne. Presque tous rendent grâces à la Vierge de Vie des bienfaits qu'ils reçoivent de ces eaux.

Dans des temps extrêmement reculés, ces sources connues déjà des Romains, furent retrouvées, dans une chapelle dédiée à la Vierge Marie, par un solitaire qui s'était retiré dans ce lieu écarté de la montagne. La tradition de ce saint lieu est à peu près ignorée, car nul ne sait au juste le point où était situé cet ermitage. Des personnes croient que c'est à la fontaine sulfureuse appelée aujourd'hui Manjolet.

Une ancienne légende rapporte que le sanctuaire de la Reine des Anges était entouré d'odoriférentes violettes qui sont le symbole de la modestie. En effet, il n'y a pas de fleur qui puisse plus opportunément être offerte à la Vierge de Vie. La violette est une plante médicinale, qui allège de nombreuses maladies; sa couleur est l'emblême de la souffrance; on la considère aussi comme le symbole de l'innocence et de la pudeur, qualités qui appartiennent à la Sainte Vierge, qui répand à pleines mains les trésors de ses grâces. Aussi la plupart des personnes qui viennent à Amélie-les-Bains pour y rétablir leur santé comptent plus sur l'intercession de la Mère du Très-Haut que sur la bonté des eaux quelque efficaces qu'elles soient.

---

(1) Nous pensons que c'est *peine* qu'on a voulu dire dans le principe. Lorsque le Roussillon dépendait du comté de Barcelonne, c'était la *Virgen de Pena*; c'est par corruption qu'on dit aujourd'hui Pène.

XXVII. — Le Lilas.

VIERGE DE LA PLUIE. — FONT-ROMEU, ODELLO.

Le 8 Septembre.

La première espèce de lilas a paru en Europe en 1662; elle fut apportée de Constantinople. Comme cette plante n'est pas délicate, quant au choix du terrain, et qu'elle se multiplie facilement, dans quarante ans il y en eut partout. Elle résiste aux froids rigoureux, elle vit dans les lézardes des vieux murs comme en pleine terre, de sorte que cet arbuste fait l'ornement des chaumières comme celui des palais.

Savez-vous ce que signifie cette fleur? Lorsqu'elle est blanche, c'est l'innocence; est-elle violette, c'est la première émotion du cœur. Le vert de ses feuilles joint à la couleur violette de ses épis, veut dire simplicité; ce même vert uni aux fleurs blanches, sûreté, confiance.

En 1674, un laboureur d'un village situé près de la Perche, entre Mont-Louis et Saillagouse, rencontra sous sa charrue une image de la Mère de Dieu et à quelques pas plus loin un crucifix en laiton; il prit ces objets et les porta chez lui. Dès ce moment, il eut chaque nuit des rêves qui lui conseillaient de rendre ces images au même lieu où il les avait rencontrées. Surpris que ce rêve se continuât chaque soir, il finit par obéir à cet avis mystérieux. Seul il était dans le secret.

Plus tard, une jeune fille fit la même trouvaille au pied de la montagne connue sous le nom de Font-Romeu. Elle la porta chez son père et la livra à ses jeunes frères pour s'en amuser. Les propriétaires se plaignaient alors d'une sécheresse persistante qui mettait leurs récoltes dans le plus grand danger. Ces enfans entendant parler continuellement du manque de pluie, l'un d'eux, s'adressant à la Vierge qu'il avait entre ses mains, lui dit :

— Mère de Dieu, fais tomber de l'eau, car j'entends tout le monde se plaindre d'une longue et grande sécheresse, et je te promets de te faire un joli bouquet avec notre Lilas du jardin.

Chose extraordinaire, au bout de quelques heures, le vent change, le ciel se voile et une pluie fécondante vint ranimer les fruits de la terre.

Le bruit de ce miracle se répandit bientôt dans tout le canton. Le père de l'enfant qui avait eu l'idée de faire la prière ne voulut plus que cette Sainte image servît d'amusement et la fit placer dans une niche. Le curé du village d'Odello, oncle de l'enfant, et qui du haut de la chaire avait souvent ordonné des prières pour obtenir la pluie, fit porter la Vierge à son église et la plaça sur le retable principal. Plus tard, en 1676, (1) après avoir réuni les dons et les aumônes des fidèles, on fit construire à cette Vierge une chapelle particulière, avec un bel autel, sur le haut de la montagne de Font-Romeu, d'où l'on découvre plusieurs villages de Conflent et de la Cerdagne, qui avaient tous souffert de la terrible sécheresse que la Vierge Marie fit cesser. Cet ermitage est en grande vénération, et le 8 septembre on y rencontre une immense réunion, non-seulement de la Cerdagne française et espagnole, mais de toutes les communes du Roussillon. Il y existe une fontaine dont on recueille les eaux dans une piscine; elles ont la vertu de guérir plusieurs maladies, pourvu qu'on s'adresse avec ferveur et confiance à la Vierge qui protége la Cerdagne et le Conflent.

Cet ermitage, dans la Cerdagne française, est le plus vaste en locaux, le plus fréquenté et dont la vue a une étendue prodigieuse.

L'innocence de l'enfant qui pria la Vierge de faire pleuvoir est le Lilas blanc; l'émotion que causa le miracle est représentée par le Lilas violet; la simplicité de la demande est symbolisée par le vert des feuilles et la couleur violacée de la fleur; la confiance est indiquée par les fleurs blanches jointes aux mêmes feuilles. Ce symbole se retrouve partout, dans les régions gelées comme dans les tropiques, chez les pauvres comme chez les riches. Voilà pourquoi on a attribué le Lilas à la Vierge de la Pluie.

XXVIII. — Marguerite des Champs.

VIERGE DES NEIGES. — PIA.

Le 5 Août.

Le village de Pia, entièrement agricole, avait vu la totalité de ses récoltes emportées par les pluies, les vents, les orages, la grêle. La misère se fesait sentir même dans les foyers réputés le plus à leur aise. Le laboureur voyait sa famille sans ressources, la maladie énervait ses forces; le désespoir était général. Toute la population, lasse de combattre les maux que produisent la faim et la maladie, se mit sous la protection de la Vierge. De nombreuses processions avaient lieu; chaque soir on fesait des prières publiques, où jeunes et vieux assistaient en grande dévotion. Enfin, ces prières arrivèrent au Ciel. Dieu, par l'intercession de Marie, écouta avec faveur les vœux de ces pauvres campagnards; une pluie lente vint rafraîchir la campagne et l'espérance commença à renaître dans les cœurs. La foi du laboureur, de l'agriculteur fut récompensée par une abondante récolte.

(1) Il y a des personnes instruites qui pensent que cette chapelle a été érigée bien avant 1676.

Pour remercier la Vierge de sa puissante intercession, le curé et les principaux habitans du village décidèrent d'élever une chapelle à la mère du Tout-Puissant. Un homme riche de la paroisse possédait un grand local sur le territoire de la commune, mais éloigné d'environ une demi-lieue du village. Il l'offrit et ajouta à ce don une somme suffisante pour le rendre digne de l'habitation de la Reine des pauvres.

Dès que tout fut prêt, on y porta l'image de la Vierge en grande pompe. Pas un habitant n'y manquait, tenant les uns des flambeaux, les autres des cierges. Les femmes, sans exception aucune, suivirent dévotement le cortége. Pendant la procession, la neige tomba en abondance et féconda cette terre depuis long-temps stérile. D'un commun accord, la population dédia cette chapelle à Notre-Dame des Neiges, actuellement connue à Rome sous le nom de Sainte-Marie Majeure, et en Roussillon sous celui de Notre-Dame de *la Salud*.

Les enfans de ces bons croyans n'ont jamais oublié et sans doute n'oublieront jamais les bienfaits que leurs ancêtres reçurent par l'intercession de la Vierge-Marie. Le 5 août de chaque année, après les prières de l'Église, ils se livrent à la danse du pays, en réjouissance des graces qu'elle a autrefois répandus sur leurs aïeux.

Des demoiselles du village, choisies parmi celles dont la conduite est sans reproche, qu'on appelle *Pabordesses*, présentent à la Vierge, la veille de Notre-Dame des Neiges, un bouquet de Marguerites des Champs, composées de cinq feuilles, anagramme de Marie, dont la blancheur est l'image du cœur de la Vierge, qui les fait naître naturellement dans les champs et les prés pour témoigner qu'elle prend sous sa haute protection les pauvres qui adorent son Fils.

XXIX. — La Jonquille.

VIERGE DEL COLL. — CAMEILLES.

Le 8 Septembre.

L'année 1654, un habitant fort riche du village de Cameilles devint fou-furieux. Les médecins, après lui avoir administré tous les remèdes que la science prescrit, conseillèrent à sa famille de l'envoyer à l'hospice de Perpignan. Les remèdes qu'on lui donna dans cet établissement ne lui furent pas plus profitables que ceux qu'on lui avait administré dans son pays. Un jour que ses sens n'étaient pas si agités, que sa tête était moins ardente, il s'endormit et pendant son sommeil un ange lui apparut. Il conseilla au pauvre insensé d'avoir recours à la Sainte-Vierge, seule capable de le guérir de la terrible démence dont il était attaqué. A son réveil, il ne conserva qu'une idée confuse de ce qui s'était passé pendant qu'il dormait, mais il fut un peu soulagé. Cependant le lendemain le délire recommença sans néanmoins lui faire perdre le souvenir, quoique diffus, de ce que la veille il avait vu. Ses gardiens le tenaient constamment enchaîné dans sa cellule; mais un matin ils furent bien surpris de trouver la porte de cette loge ouverte, la chaîne pendant au clou du mur où le fou était attaché et celui-ci délogé sans savoir par où il était passé. Les parens avertis de cette fuite le firent chercher de toutes parts, et l'un des émissaires le trouva enfin à genoux devant la porte de l'oratoire de la Vierge de l'ermitage, situé à l'entrée du Coll de Prunet. Il voulut le reconduire à sa maison, mais il s'échappa et il le perdit tout-à-coup de vue. L'agent de cette famille alla lui rendre compte de ce qui était arrivé, et, après mûre réflexion, les parens pensèrent qu'il reviendrait au même lieu et ils ne se trompèrent pas. Le lendemain jour de Pâques, ils prirent le chemin de l'ermitage et furent bien surpris de voir de loin que la cheminée fumait, car l'ermite avait quitté la veille son logement pour le lendemain faire sa quête.

En arrivant au dortoir du solitaire, ils frappèrent pendant long-temps à la porte et ils se disposaient à l'enfoncer craignant que le feu ne fût à la cheminée, lorsqu'enfin le jeune homme qu'on cherchait sortit tranquillement à la fenêtre leur dire qu'il allait ouvrir. Ils aperçurent d'abord sur la table les restes d'un gros pain, quoique l'ermite n'en eût pas laissé une miette. Convaincus alors que la santé rétablie de leur enfant et tout ce qu'ils voyaient ne pouvait être qu'un miracle dû à la Vierge, ils firent appeler le curé qui célébra une messe en actions de grâces de l'entière guérison de l'infortuné qui s'était échappé des petites-maisons et invoqua la Reine des Cieux afin qu'elle continuât de le protéger.

Cet homme et ses parens ne manquaient jamais, le jour de Pâques, de porter à Marie un beau bouquet de Jonquilles, qui signifie le désir qu'ils avaient de ne perdre jamais le souvenir du bienfait inappréciable d'avoir rendu la raison à un homme de bien. La couleur de cette fleur exprime la fidélité à observer les engagemens promis.

La Vierge del Coll a son église située sur une haute montagne qui domine la commune de Cameilles. La fondation de cet ermitage date donc de plus de deux siècles; les ex-voto qui l'entourent sont une preuve des nombreux miracles que la Vierge a opérés en faveur de ceux qui se sont recommandés à son inépuisable bonté. Selon certaines traditions, ce lieu était occupé par un couvent de Trinitaires du temps de Charlemagne. On trouve encore certains indices qui autorisent à croire que cette version peut être vraie.

XXX. — La Plombagine.

VIERGE DU PARADIS. — CORNEILLA-DEL-VERCOL.

Le Dimanche de Quasimodo.

Le fils du seigneur du village de Llo, dans la Cerdagne aujourd'hui française, fut , en l'an 1509, atteint de fièvres qui le conduisirent aux portes du tombeau. Sa famille avait toujours eu une foi vive en la Vierge du Paradis qu'on fête au village de Corneilla-del-Vercol et dans quelques autres du département. Bien faible, d'un dégoût extrême, confiant en la toute puissance de la Vierge, il se fit transporter à Corneilla, quoique très-éloigné. Pendant son voyage, un ouragan, extraordinaire dans le mois de juillet, le surprit en route et finit de l'accabler. Arrivé au village où l'appelait sa dévotion, on n'y trouva aucun aliment que la faiblesse de son estomac pût supporter, notamment du pain blanc qu'il avait oublié de prendre et auquel personne n'avait pensé.

Pendant qu'il gémissait de ne pas pouvoir avaler le pain noir qu'on lui avait servi , un de ses domestiques aperçut une jeune fille habillée de blanc qui passait dans la rue portant sur sa tête une corbeille remplie de pain d'une beauté et d'une blancheur inusitée dans un village. Le jeune seigneur averti, fit prier la jeune fille de lui céder un morceau de son pain, offrant de le lui payer ce qu'elle exigerait. Quoique ce pain fût destiné à un couvent situé non loin du lieu où elle se trouvait, elle consentit à en céder un au pauvre malade, et elle le lui porta aussitôt. Le jeune homme donna ordre à son valet de chambre de le payer, mais la marchande lui dit : « Prenez ce qu'il vous faudra pour le malade et les personnes chargées de le soigner; je vais entrer à l'église et nous réglerons en sortant. » Le malade, après avoir mangé de ce pain , se trouva extrêmement soulagé; il pria l'un de ses servi- teurs d'aller à la rencontre de la marchande , de l'engager à venir le voir, non-seulement pour lui payer ce qu'il devait, mais aussi pour la remercier de son extrême obligeance. On fut à l'église où elle n'était plus; on la fit chercher dans le village, mais personne ne l'avait vue. Alors le jeune cavalier, voyant dans ce qui venait de se passer un avertissement de Dieu , alla se jeter aux pieds de la Vierge , la remercia dévotement de la haute faveur qu'elle lui avait fait; la supplia d'intercéder auprès de son Fils de lui continuer ses bienfaits, car il reconnaissait que le pain qui avait rétabli ses forces était un miracle évident qui, d'après ses pressentimens, l'avait guéri pour toujours des fièvres qui l'avaient tourmenté pendant si long-temps.

La famille du jeune homme fit le vœu de porter chaque année un sac de blé pour la fabrique de l'église et un bouquet de Plombagine à Notre-Dame, car cette fleur exprime par le nombre de ses feuilles le nom de Marie; la verdure qui l'entoure fait concevoir l'espérance que la Vierge continuera sa protection aux malades et ses branches qui s'allongent et s'éparpillent de tout côté annoncent que sa bonté comme son pouvoir s'étendent sur toutes les personnes qui prient avec un cœur fervent devant son image sacrée.

XXXI. — L'Immortelle.

VIERGE DE LA MERCI. — PERPIGNAN.

Le 24 Septembre.

Une ancienne tradition nous apprend qu'un propos tenu par le roi don Rodrigue, qui portait préjudice à l'honneur de la fille du comte don Julien, fut la cause que Muza, général de l'armée du calife de Damas, se rendit maître de la monarchie espagnole, et que par suite les Sarrasins occupèrent la péninsule ibérique.

Un affront fait par un roi ne pouvait s'effacer alors que par le sang de son peuple. Les Espagnols, opprimés par la tyrannie des nouveaux occupans, cherchaient à se dégager du joug insupportable qui pesait sur eux; aussi des familles nombreuses, leurs parens, leurs amis, gémissaient dans les fétides cachots de l'Afrique, ignorant le moment et par qui leurs chaînes seraient enfin rompues.

Le lion des Espagnes, quoique faible et muselé, fesait entendre de loin en loin d'affreux rugissemens, mordait la main de ses oppresseurs et rompait, lorsque l'occasion se présentait favorable, quelque anneau de la pesante chaîne qui le retenait.

Déjà dans quelques heureux combats, les Espagnols avaient recouvré une partie des provinces qu'ils avaient perdues; mais plus la Croix de la rédemption augmentait ses conquêtes, plus le Croissant fesait peser sur elle ses terribles vengeances.

Tandis que de milliers de mains suppliantes s'élevaient vers le ciel pour obtenir un soulagement à leur cruel esclavage, le yatagan des musulmans poursuivait épouses, mères, enfans dans les retraites les plus écartées, les décimaient et doublaient leurs chaînes.

Tant de larmes, de soupirs, de suppliques, de souffrances furent enfin entendues. En 1218, pendant une belle nuit d'août, un homme agenouillé au milieu de son habitation, versant des larmes sur le déchirement de sa patrie, réfléchissait à un projet pour établir une pieuse Congrégation chargée de mettre les esclaves chrétiens en liberté. Tout-à-coup, il se trouve environné d'une éblouissante lumière, il lève la tête et voit des nuages qui soutenaient un sainte femme, entourée de Chérubins et d'Anges, qui chantaient en chœur des hymnes en l'honneur de la Mère de l'Eternel. Marie lui dit : « Je désire que tu sois le fondateur d'une nouvelle Congrégation d'hommes chargée de racheter les chrétiens qui pourront devenir esclaves des Mores. Pars et fonde cet ordre, auquel tu donneras le titre de Rédempteurs de la Vierge de la Merci, que je protégerai, que j'aiderai à vaincre les obstacles qui se présenteront pour l'accomplissement de leur mission. »

Après ces mots tout disparut. Cet homme choisi de Dieu va rendre compte de ce qu'il a vu à son directeur. Celui-ci le conduit en présence de Jacques le conquérant auquel il raconte la vision qui lui était apparue. Le roi qui en avait eu une de semblable décida sur le champ de fonder l'ordre de la Merci.

Le jour de Saint Laurent, le roi au milieu de sa cour et des magistrats de la ville de Gironne, se rendit à la cathédrale, où l'évêque revêtit d'une robe blanche et d'un scapulaire le premier rédempteur des esclaves. Celui-ci, après avoir communié, prêta serment d'employer tous les instans de son existence au rachat des chrétiens esclaves, non-seulement en provoquant des aumônes dans toute la chrétienté, mais aussi en restant lui-même en ôtage si jamais la nécessité s'en présentait.

Beaucoup d'autres personnages considérables se joignirent au fondateur de l'ordre et prêtèrent le même serment. Le roi fit don à la nouvelle Congrégation d'un vaste palais pour servir de couvent, ordonna que tous les membres porteraient pour signe distinctif, sur leur blanc scapulaire, les armes aux barres de Catalogne.

Voilà l'origine de l'ordre royal et militaire des Mercenaires, auquel un si grand nombre d'esclaves ont dû leur liberté.

Perpignan fut une des premières cités dotée de cet ordre. C'est dans un très-beau temple, situé à l'une des extrêmités de la ville, où l'image vénérée de la Vierge de la Merci fut installée; elle a répandu d'innombrables faveurs sur la population perpignanaise ainsi que sur celle du reste de la province du Roussillon, lorsqu'on allait l'implorer avec ferveur pour le rachat de quelque captif.

Comme symbole de l'amour éternel que le peuple professait pour cette Vierge, on lui offrait chaque année une couronne d'immortelles.

⎯⎯◈⎯⎯

Voilà le bouquet que nous avons dédié pendant le beau mois de Mai à la Vierge Marie. Nous devions naturellement finir par une fleur qui ne se flétrit jamais, car notre amour et notre reconnaissance sont aussi durables que la plante qui porte le nom d'Immortelle.

TABLE.

www.ingramcontent.com/pod-product-compliance
Lightning Source LLC
Chambersburg PA
CBHW061648180626
46818CB00003B/1003